JN041668

皇国主義者、スプリンター作家三島由紀夫が
『葉隠』で見た武士道の世界と陥穽

彷徨（さまよ）える日本史

源田京一

幻冬舎MC

皇国主義者、スプリンター作家三島由紀夫が
『葉隠』で見た武士道の世界と陥穽

彷徨える
日本史

はじめに

平成三一年（二〇一九年）四月一日。

平成天皇（第一二五代明仁天皇）の御退位後に日本の元号が同年五月一日より、「平成」から「令和」と改元されることが内閣官房長官より発表され、この日本国政府の国事をＴＶ各局が一斉に報道した。

「令和」の元号名は従来の漢籍からの引用ではなく、日本文学の古典籍「万葉集」約四五〇〇首ある中のひとつから選ばれたことを意味深く伝えた。そしてその趣意は「人々が美しい心を寄せ合う中で、文化が生まれ育つ。梅の花のように、日本人が明日への希望を咲かせる国でありますように」と言うことであるらしいが、浅学の筆者は感想を口にできるような充分な知識はなく、新聞から引用しそのまま並べてみる。

「初春の令月にして、氣淑く風和ぎ、梅は鏡前の粉を抜き、蘭は珮後の香を薫らす。」

「梅花（うめのはな）三二首の歌」より。

こうやって文字で書き並べると素人でもそれなりの格調を感じてしまう。凡人には漢字の表意文字であり、古典籍は漢籍でも万葉でもどちらでもよく、いずれであっても至極難解な文章である。この解釈と政府としての思い入れを込めて、内閣総理大臣安倍晋三がひとこと言葉を添えている。現役の総理大臣が直接国民に説き伝えることも、かなり異例な手順のようであった。TV各局はそれぞれに特番を組み、元号「令和」の出自、典拠の説明に腐心した。中には「令和」の元号名について街頭で印象を聞き取る演出をしていた。一般国民が「令和」の符合を恰も熟知、熟慮をしていたような立派な解答も用意されていたことには驚いた。これには安倍自民党一強政治に対する忖度報道の匂いも感じられた。それはさておき、各社の特番内容は政府発表までのプロセスの苦心談とその弁明に、我が局こそが真実を知ると言わんばかりに、自前の解説者、専門家を並べた。その前に筆者の浅学知識を補正する為に読者に問うてみたいところがある。

　抑々、政府の発表する国事ともいうべき改元について、そのプロセスを事細かく選定委員の経歴、又は私生活まで立ち入ったような番組内容が多いのはどんな必要性があったのか訝しい。「平成」の改元の時も誰の意見を優先して決められたのかという論調はあったが、今回のように長編特番といったものが乱出した印象は全くない。それ相応の手順を踏んでそのうえで、誰の意見と出自の紹介で決定したものかを〝物知り関係者〟

を自認する識者が多数登場した。今回の元号名「令和」の出自発案者は誰かと、まるで犯人探しが如く意味ありげな番組に仕立て上げていた。新聞の方がややマシな気はしたが、やはり論点が引用文献の出自に拘り過ぎたところは拭えない。こんな状況をある民放テレビに登場した東京大学の高名な歴史学者は「日本全部が総忖度です」と薄笑いを込めて解説をしていた。普段の話しぶりには中々、共感を持ち辛いタイプの学者で、つい異論を持ってしまうがこの表現は〝ナイスなフレーズ〟であると見識の高さ、表現のよさに敬意を表したい。それでも本人はこの表現について、これは私が退路を断つ気持ちで放ったひと言であるといった。それが照れ隠しであっても筆者は大きく拍手を送りたい。この「改元」ニュースの展開は専門家でもない者には全くの迷路でしかない。

命名が漢籍か日本古典からの引用かの是非を言い合い、自説の正当性をさも学者生命を掛け、自身の名誉をかけているような物言いであり、そこにはTV局の政府に関するかなりの忖度を感じてしまう。ところがまたそこをダメ押しをするが如く、翌日のNHK番組で極秘のはずの改定情報の非公開であるプロセスを得意げに語っていた。それで現政権との繋がりの堅さを示したつもりであろうが、そこが狙いであったとしたら不節操であろう。その番組のなかで典拠のプロセスにつき「学者の皆さんも有名になりたいんですよ。名前を残したいから簡単には主張を譲れませんね。提案について、誰しもが認める重鎮の発言でないと纏まりませんですよ」と、さもらしい迷解説があった。筆者は同局の作品には比較的好感を寄せているが、この番組だけはいやらしさを感じてしまった。

政府が元号の出自に強く拘ることで、海外のメディアも日本の安倍政権は「いよいよ本性を現し右傾化するであろうか」と揶揄し、近時の中国との外交の不透明さを懸念して、その出自を「万葉集」にするような声掛けをしていた。それは現役の総理大臣として如何なものかといった論調もあった。これは全く馬鹿げた話ではないか。日本の元号を日本の内閣が決定することは当然のことで、外国の感想を意味ありげに報道してどうしようとするのか。

本来、元号は中国の制度に習い、大化改新以後、日本で採用されたものである。このことは明確に知られた日本に於ける歴史上の事実である。そして提供元の中国ではすでに廃止された元号制度である。今となれば、それは醸成された日本独自の文化である。それをやれ右傾化だの復古主義だのということもおかしいが、それを懸念材料の情報として、念押しでもするように「中国離れの声明」とする識者に問いたい。中国から伝来の文化も日本が独自に継承し、二〇〇〇年以上の歳月を超え、今日に至ればそれはそれで立派な日本の伝統文化である。中国には謝意を表しながらも誤解なく説明は出来ることであろう。一方、どんなに理屈をつけても漢字文化は中国伝来の文化として渡来したものであることは事実である。この事実を憤懣やるかたない仕儀と言うなれば遣隋使、遣唐使を大陸に送った日本の歴史を批難すべきもの。日本の改元案件について中国との間に歴史的に勝ち負けで語ろうとする勢力があること、それ自体が文明国の姿ではない。日本人は中国に使者を派遣し、律令制を学んで実用化したことは歴史上の事実である。また一方では近代経済に遅れていた中国から要請を受け、技術的な指導したのは日本であることも事実である。先に触れたように歴史文化を勝ち負けで語ろうとするところに、貧相な思想がある。半島のひとにも聞く耳を持ってもらいたい。この改元案件は努めて日本史の問題であり、世界史案件ではない。冷やかし、噂話のようなものに反応して顔色を窺うべきではなく、日本人が日本史として語るべき材料である。美しい日本。由緒ある（異論あり）神代の古事記、日本書紀の由来、伝統を語り継ぎそこに世界の反応を気遣う余地は全くない。日本国家も国民も毅然とすればよい。この一見、政府や識者、報道機関の姿勢や感性が日本史を彷徨わせている。このことこそが懸念されることではないか。

この度の改元は明治時代に定められた「一世一元の制」の慣例を違え、平成天皇の在位期間中に皇位の継承を明確にしようとする政府の意向が働いた時代の変遷である。

自由民主党の安倍晋三総裁は「平成」と「令和」の二時代に君臨した近現代の日本史上最強の総理大臣であったということについて名を残したことになるだろう。個人的に好き嫌いの自説を語るところではなく、明白な事実として称えるべきである。そして「小ブッシュ米大統領と小泉純一郎」、「トランプ米大統領とシンゾウ・アベ」の関係は日米同盟、堅持の役者として高く評価しなければならない。断っておくが筆者は安倍政権の応援団でもないし忖度も不要な立場である。それでも「昭和・平成」と時代を跨ぎ、今ここに「令和」の時代に生きている。これらの時代に生きたことは、管見であるがそれなりに理解してきたように思う。しかしそれは当然手前味噌な解釈でしかない。

昭和以前の歴史は文書やアーカイブスで知ることもあるが、記憶に残ることというと、昭和天皇については威厳のある髭の天皇というだけで、「昭和天皇の人間宣言」などは教科書の中だけの知識であり、その趣意は全く理解していなかった。昭和天皇家の印象は民間から初めて天皇家に嫁がれた正田美智子様（平成の皇后様であった美智子皇太子妃は日清製粉正田家の御息女。平成天皇の案件であっても決定したのは昭和天皇であり、皇室婚姻のセレモニーは昭和の行事）が国民の拍手に送られ、馬車に乗り皇居の橋を渡り入宮された姿が鮮明にある。まだ普及も浅いＮＨＫのＴＶ放送を小学校の教室で正座を組んで見た。日本中がお祭り騒ぎ。子供ながら大人の品位と気高さを強く感じた。その後、筆者は皇室には殆ど関心はなかった。テニスがもたらすご縁であったことはそれなりに聞いたことがあるが、日本全土に俄テニスの愛好家が増えたことは言うまでもない。印象をひとことで言えば、もの静かで思慮深い様子の印象が強く残る平成の天皇であった。戦争の全くなかった初の天皇として誠に相応しい両陛下の姿である。

　昭和、平成の時代といえば、阪神淡路大震災（一九九五）、東日本大震災（二〇一一）、熊本地震（二〇一六）に始まり、日本各地で起きた悲惨な自然災害の記憶が多い。そのほかの昭和、平成の筆者の体験的記憶はオイルショック（一九七三）でトイレットペーパーとガソリンを買いあさり、個人タクシーの事業者が燃料入手不安で自殺までした。路上でさまよう消費者。のちに日本はバブル状態の経済復興（一九八〇年頃から）をするがこの時代は異常であった。地上げ屋事件も頻出。そこには金融機関も絡んだ事件も多く、全員参加の投資ブーム。世界的な学者として有名であった経済学者のピーター・

ドラッカーは往時の日本経済の力強さを評して、「以後日本の時代は一〇〇年続くであろう、世界の工場として繁栄する」と明確に語った。この時代の最高時には日本国全土の土地価格の総額でアメリカ本土を七つ買えるマネーパワーがあった。あのニューヨークのロックフェラーセンタービル（一時期トランプ不動産の所有であったとも聞く）も日本資本が買収した時代がある。その頃は日本中がNTT株の上場に踊った。そしてバブル日本に、嘗て(かつ)の大英帝国から「鉄のおんな宰相マーガレット・サッチャー」が日本の経済状況を視察し、中曽根康弘内閣総理大臣（ときの自由民主党総裁）を訪ね、日産自動車の英国投資に応援の要請をした。ここまでは日本経済の絶頂期であった。それはいざなぎ景気（一六六五～一九七〇）とか、その後に来る平成景気（一九八六～一九九〇）とか、障(さわ)りのよい言葉に誰もが有頂天になり、その結果、殆どの庶民はいつも振り回されていた。バブル経済は崩壊し大企業倒産も例外ではなく激しく揺れた。

どの時代もそれなりに良いこともあったにも拘らず、残念ながら悲惨な事件ばかりが印象に残る。今、筆者は高齢の立場でそれらの事件を回顧(かえり)みてその一部を広げてみる。それは筆者の捉(とら)えた重大事件であり、世間の皆さんと一致するか定かでないことはご了承を頂きたい。事件の大きさというよりも未解決であるとか、犯人又は当事者は判明していてもその顛末に得心し兼ねる謎の事件が多い。よど号ハイジャック、グリコ森永、浅間山荘、赤軍派、三億円窃盗、オウム真理教・サリンの大事件等である。これらの事件に共通する条件のひとつに、何れも高学歴又は高度な知能者が絡んだ、日本社会の閉塞感や権威や規範に対する反意といった、どこか過信に基づく挑戦的犯行であるという模様が強いという点である。彼らは優秀な頭脳を生かす場所を間違えてしまったようだが、その要因は何処にあろうか。それは彼らから見た正義の実践であろう。憂国、不義を糾すの心。更に、今なお語り尽くされていない重大な歴史案件に三島由紀夫割腹自決事件がある。動機の謎もあるが三島由紀夫の生き方に、知られていない日本人と明治維新から令和の今日まで、日本民族の底流に静かにそれでいて力強く流れる息遣いを感じる。それは「サムライ・ジャパン」「サムライ・ブルー」の呼称に踊る若者と、それを煽るが如きスポーツ団体とその不祥事。やがて来る二〇二〇年のスポーツの祭典にその息遣いが聊か筆者には不安になる。甲子園のマウンド上で何の躊躇いもなく、刀を抜くポーズをさせる関係者たち。注意されて取りやめたが球児たちは誰に何を忖度してやったポーズなのか。彼らはどんな教育を受けているのか。

　昭和四五年一一月二五日、自衛隊の市ヶ谷駐屯地で三島由紀夫が叫んだ。昭和憲法を改正し、再び天皇を元首として迎え、専守防衛の自衛隊を国家の軍隊として復活を叫ぶ三島のアジテイト。もし自衛隊が「三島由紀夫主宰(しゅさい)『楯(たて)の会(かい)』」に呼応して合流していたら、その後の昭和、平成の時代はどんな模様を描いていたであろうか、そして「令和」も。

歴史談議に「もし」は禁句であろうが、三島由紀夫が今日あれば九四歳になる。改憲論をひっさげて国政の壇上にあれば、そこには新しい日本の姿があり「令和」と違った元号が力強く示されたであろうか。拙著に度々登場させている「愚者は経験に学び賢者(けんじゃ)は歴史に学ぶ」というドイツの宰相(さいしょう)ビスマルクの格言を理解することを解題として、高齢者が不安を抱く若者に対する日本の未来を正面から理解しなければならない。その為に『葉隠』が今まで日本史のなかで先行学者により度々、間口(まぐち)を広げて語られているわりに指定席が取れない案件のひとつとして、読者と共に『葉隠武士道』に対峙(たいじ)するが如く挑戦してみたい。

目次

第一章『葉隠』とはなんだ

（以後原文は　新校訂　葉隠　菅野覚明　講談社学術文庫による）

序論　夜陰の閑談

此始終十一巻ハ追而火中すへし。世上之批判、諸士之邪正、推量、風説等ニて、只自分之後学ニ被覚居候を、噺の侭ニ書付候得は、他見之末ニてハ意恨、悪事にも可成候間、堅火中可仕由、返〲御申候也。

〈現代語訳〉

「この聞書一一巻はただちに燃やしてしまわねばならない。（中略）その話のままに、私、陣基が書きつけたので、他の人がみるようなことになれば、ゆくゆくはひとの恨みを買ったり、このましくない事態（処罰・喧嘩など）を招くかもしれないから、必ず燃やすように」ということ、陣基（又は常朝）殿は何度も仰った。

この「序論」についてはこのまま、現代語訳を読み込めば解釈はできよう。

詳細は本文中の第一章第三節に於いて（本書七九頁）解説する。

聞書第一（その二）…例示

一、武士道と云ハ死ヌ事と見付たり。二ツ〳〵之場ニて早ク死ヌ方ニ片付斗也。別ニ子細なし。胸すわつて進む也。図ニあたらぬハ、犬死抔と云事ハ上方風之打上りたる武道成ルへし。二ツ〳〵之場ニて図ニあたる様ニわかる事ハ不及事也。我人生る方か数奇なり。多分数奇之方ニ理か付へし。若シ図ニ迦れて生たらは腰ぬけ也。此さかい危也。図ニ迦れて死たらは犬死気違也。恥ニハならす。是か武道ニ丈夫也。毎朝毎夕改てハ死ニ常住死身ニ成て居る時ハ、武道ニ自由を得、一生越度なく、家職を仕課すへき也。

〈現代語訳〉

武士道とは根本は死ぬことだと見きわめた。生きるか死ぬかしかない場でいち早く死ぬ方を取るだけのことだ。特段、理屈はない。迷いなく進むのである。目的を果たせずに死ぬのは犬死だ、などというは、上方風の思い上がった武士道であろう。生きるか死ぬかしかない場で狙いが果たせるように分別することは、不可能だ。自分も人も生きる方が好きだ。往々にして好きな方に理屈が付くものだ。それでもし狙いを外して生き延びたならば、腰抜けである。この境目は当てにならない。一方、狙いを外して死ぬならば、犬死であり、無分別者である。しかし恥にはならない。これが武士道における一人前だ。だから毎朝、毎晩、改めて死に死に、常に死身になっているときは、武士道において自由を得て、一生の間恥になるような落ち度なく、代々担ってきた役職を勤めおおせるのである。

次に更に一文を紹介する。

聞書第二（その八五）…例示②

一、人間一生誠ニ纔（わずか）の事也。すひた事をして可暮（くらすべき）也。夢之（の）間之（の）世之中ニすかぬ事計（ばか）リして苦を見て暮すハ愚（おろかなる）成事也。此事はわろく聞（きき）てハ害に成（なる）事故若キ衆抔ニ終（つい）ニ語らぬ奥之（の）手也。我ハ寝る事か（が）好キ也。今之（の）境界相応ニ弥（いよいよ）禁則して寝て可暮（くらすべし）とおもふと也。

〈現代語訳〉

人間の一生はまことに短いものである。好きなことをして暮らすべきである。夢の間の世の中に、好きでもないことばかりして、苦しい目を見て暮らすのは、愚かなことである。このことは、下手に聞けば害になることだから、若い者などには決して話さない奥の手である。私は寝ることが好きである。今の身の上にふさわしく、いよいよ庵を出ずに、寝て暮らそうと思う、といわれた。

これは巷間（こうかん）、語られる『葉隠　武士道』の一節一文であり武士道の真理を示すところであるからそのまま引用するが、これだけでも大変難しい文体である。初学者には難解（なんかい）極（きわ）まるが、学者・経験者でも悉（ことごと）く見解の異なることが少なくない。種村完司（たねむらかんじ）は自著の中で先行学者の『葉隠』に対する研究姿勢を鋭く批評している。曰く、「現実は、諸論者の言いっ放し・書きっ放しであり、雑然たる『葉隠』論の併合・乱立である（「『葉隠』の研究　思想の分析、評価と批判」九州大学出版会）。この指摘は全くその通りであり、我が意を得たりの心境でこの意見を支持したい。この事実を認め読者にはわかり易くする為に原文をそのまま引用することはできるだけ避けて、現代語訳を中心に解説をしていきたい。

前掲（聞書第一その二・聞書二その八五）したこのふたつの原文の例用については具体的に解説をして『葉隠』解釈の本質を読者に届けたい意図を持って引用する。

この例示した二文は例示①の「武士道と云うは死ぬことと見付けたり」は現代語解釈にあるように「武士道の根本は死ぬことであると見極めることである（以下略）。」と解釈させている。武士道のあり方を最初に明言している。この言葉はサムライジャパンの精神として、新渡戸稲造の手で世界に向けて語られた武士道精神の有名なところである。日本人は常に潔く死ぬことを考えていた武士道の歴史があり、日本民族の魂だと軽々に解釈されてきたような一面がある。その一方で聞書第二の例示②のように「人間の一生はまことに短いものである。好きなことをして暮らすべきである（以下略）。」とも『葉隠』にはある。これらの二つの原文は全く左右に分かれる程、相反する文意として書かれている。

これが作者山本常朝の残した『葉隠』の一文であるがこの解釈を巡って諸説が語られてきた。どれが真実か筆者には語れないが、山本常朝は右に、（例示文①）左に（例示文②）と極論を文中に示して、まず「死を語り武士の避けられない宿命と苛酷さ」を諭す。その後、ある個所の一文として殆ど正反対とも思しき一文を書いて、「これもまた残された人生の生き方である」といった逆説の書き様である。『葉隠』にはこんな文章様態は幾らでも乱出しており、多数の先行学者は粗、我田引水とも言えるような解釈を添える。三島由紀夫などはこれを「逆説の書、葉隠哲学本」と評している。

然し筆者の理解では殆どが武士道の苛酷さと自らが達しきれなかった作者山本常朝の残念な経歴がその存念をこぼした愚痴文の例示に過ぎないと思う。これをその時代と社会背景、日本国の事情が絡み合って明治以降に適文適書(てきぶんてきしょ)なりと褒(ほ)め称え利用されてきた。それに知識人、学者たちは更に正論と思えるような解釈を添付して時代の要請に答え、合格点が得られた図書や研究書が現存しているのであろうと推察する。山本常朝の『葉隠』は幕末から今日にいたるまでの評価、厚遇を期待して書かれたものとはとても思えない。

常朝は後世の才人作家三島由紀夫が『葉隠』に恋い焦がれて「ハラキリ」をするとは、想像だにしなかったであろう。筆者のこんな粗末な所信であるから異論も反論も多数あろうと思うがその時は謙虚に拝聴したいと思う。

ここからは皆さんがやれサムライジャパンだ、サムライブルーだと声援を送られている、近世時代の日本の歴史に深く潜行し武士の信念であると力説されてきた、日本人魂と根性論の起因するところを三島由紀夫の「機微(きび)」に触れて学習をしたい。

第一節　『葉隠』武士道誕生の時代背景

武士道という言葉は中世社会には見られない。「もののふの道」などが用語として用いられていたが、それ以後は武田流軍学の聖書とされる甲陽軍鑑（『甲陽軍鑑』佐藤正英　筑摩書房）に見られるのが初期である。その意味は「武士としての悟りの境地に至ること」。諸説あるも筆者の感覚で説明しておき、それで了承して頂きたい。

この『葉隠』という世界に語り掛けた日本の武士道を、佐賀藩においては、どんな文化社会を背景にして醸成されたものかを知らねばならない。そこには大変複雑な歴史の流れと地理的背景があるところに解釈が困難な一面がある。

時代は戦国下剋上の九州地政学（沖縄を除く）から認識できないと第一歩が出せない。

◉戦国時代の鍋島一族は大名ではなかった

鍋島氏は龍造寺氏の家臣であった。天正一二年（一五八四）、島原半島に於いて島津・有馬連合軍と戦い、龍造寺隆信は戦死した。

（源田京一 作図）

その後、龍造寺家の大臣（たいしん）であった鍋島直茂（なべしまなおしげ）が領地を継承した。往時の龍造寺一族は九州全土の大地を島津氏、大友氏と三分する勢力であった戦国時代の大大名である。豊臣秀吉が九州征伐に上陸した時には、龍造寺の家臣であっただけの鍋島直茂の戦い振りにほれ込み、肥前の一部の龍造寺家領地の統治を認め、朝鮮出兵の文禄・慶長の役のときの龍造寺家の総大将として半島に同道させた。しかし、身分は龍造寺家の家臣である。その後は天下分け目といわれた関ヶ原の合戦となり時代は動いた。ここでの鍋島直茂の立場がややこしい。西軍の豊臣側に龍造寺氏の一団として参戦したが、鍋島直茂は龍造寺軍の総大将という立場に置かれた参戦である。戦いは衆目と違い東軍徳川方の勝利となったが、東軍の黒田長政の取り成し、助言を受けて家康に謝罪を入れ、徳川の家臣となることができた。この経緯も複雑である。豊臣方の龍造寺氏の一軍である鍋島氏は、龍造寺家の総大将格としての身分を固辞しているうちに、関ケ原の戦いが始まってしまい、正式に徳川軍と交戦しないで終わった。鍋島直茂は黒田情報により東軍（徳川家康）が勝つという信念から、西軍（石田三成）方として参戦することに躊躇があった。然し龍造寺家は豊臣秀吉から本領安堵をされていた為、鍋島直茂は西軍として参加しないわけにはいかなかった。黒田長政がどんな取り成しをしたかの文献は見たが、確信の持てる内容とは言えない。どちらにしても鍋島直茂の豪傑振りはこの時代に知られた武将であったようで、徳川方としては同じく勇猛な武将として名高かった西軍方の柳川領主立花宗茂を攻略すればの条件付きで、徳川方に認められたという歴史文書は残されている。この時の鍋島直茂の行動は西軍を裏切った行為とも言われている。しかしこんな文書も葉隠研究会には確認されている。鍋島直茂は自身が西軍とも東軍とも意思表示を明確にしないで後方に陣構している間に、天下分け目の関ケ原の合戦は東軍の勝利が鍋島直茂の予想よりも早く決着してしまった。その後に徳川方に詫びを入れているから裏切りではない。鍋島直茂はそんな卑怯なことが出来る武将ではない。西軍の負けを確認してから徳川家康に頭を下げている。肥前領、龍造寺と鍋島の行く末を考えての行動であり、至極当然という見方もある。この歴史談は読者の判断に委ねたい。

読者はここで不思議な問題点に気付かれよう。龍造寺本家の大将はどんな考えであったかということである。ここでの経緯が後々の『葉隠』本の出自と大きく関連してくる。

ここからの説明が理解できないと『葉隠』の本質が掴めないから、筆者も読者もひと息つくとしよう。

①　龍造寺本家の流れ。

龍造寺隆信は天正一二年に島津・有馬の連合軍との闘いで敗れた（前述済）。

隆信はその遺児である龍造寺政家を後継者にした。その後見人として家老職の鍋島直茂を決めた。これによって直茂は龍造寺家の実権を手中にすることになった。

②　天正一八年（一五九〇）に政家は廃されその子の高房を擁立した。鍋島直茂はここでも後見人として豊臣秀吉にみとめられて従前からの肥前の領地を安堵されていった。関ケ原合戦後、時世は徳川幕藩体制に大きくかわっていく。戦がなくなり天下

泰平の時世と成り行き、戦国武将たちの活躍する場面がなくなった。そこを少し大袈裟にいおう。その時代から武士の生き様と身の処し方が急変したことを知らねばならない。

③ 慶長一二年（一六〇七）、時代は徳川政権。江戸に於いて龍造寺高房は急死。死因は実権のない自分の立場を嘆き自害したとの説が残されるが筆者はこの文献を確認していない。高房には遺児の伯庵、実弟の信清・主膳がいたが、それなりの理由をつけて事実上の廃嫡をさせられた。この経緯については諸説あるも俗説も多く、ここで「佐賀の化け猫騒動」、「お家騒動」に紙面を割くほど重要な学術案件ではない。

④ 鍋島直茂は龍造寺家に自分の嫡男鍋島勝茂を据え、佐賀藩三五万七〇〇〇石の大名として正式に、徳川幕府の外様ではあるが認められ本領安堵をされた。

⑤ 龍造寺家には佐賀藩の領内に鍋島本家として鍋島直茂・勝茂の公認されている領地があったが、慶長一三年（一六〇八）四月四日付けで、龍造寺一族に鍋島親子が起請文を提出して以降、鍋島一族は龍造寺一族に対して全面的に従う意思（恭順の意）をみせることで事実上において肥前佐賀藩主、鍋島勝茂の舞台が完成した。勝茂は正室亡きあと継室として徳川家康の養女、菊姫を娶り松平性の使用をゆるされ

た。

⑥　佐賀藩領内には前述したように、嘗ての龍造寺家の家臣団の領地（知行地）とその統治権はすべて温存して本領安堵した。それは龍造寺家臣団の一軍が鍋島領内に残ることになり、その結果佐賀藩の家臣団は一枚岩ではないことになる。この事実もキッチリ押さえておきたい。

徳川幕藩体制下に於ける佐賀藩の上級家臣団（三五家）の一部は戦国時代に領土を龍造寺氏に安堵されて、たまたま現在に至るという立場の武士が多く、その立場心情は、「我らの御先祖は源氏・平氏の所縁（ゆかり）を持つ武門の一族である」という武士も少なくない。彼らは極めて少人数ではあるが肥前の領内に自前の出城と兵士、武器を持ち藩主の要請があれば、合力するというういわば地方の守護・豪士といった一族である。従って状況次第で自ら主人を選ぶぐらいの気概を持っていたようである。

ここまで肥前佐賀の大名とその領地の継承についてあれこれと書き込んだが、この佐賀の複雑な歴史的流れと潜伏した怨念と確執の機微を理解しないと、葉隠武士道への流れに乗ることが出来ない。本書においてこの肥前佐賀藩の領土・家督の継承についての歴史観が、後の二代藩主鍋島光茂（なべしまみつしげ）の側用人である山本常朝『葉隠』の存在を大きく取り上げることになっていく。

第二節　佐賀藩　鍋島一族の歴史を知る

＊鍋島家藩祖　鍋島直茂（一五三八）～（一六一八）・豊臣政権下の「領主」（非藩主）。元龍造寺家の家老格の重臣。龍造寺高房の後見人となりし後、龍造寺家より佐賀藩領を継承し、嫡男の鍋島勝茂を初代藩主として名乗らせる。この継承のあり方の是非については諸説あるも、ここでは継承という事実だけを記しておく。

＊初代藩主　鍋島勝茂（一五八〇）～（一六五七）・徳川政権下の「藩主」父、直茂より戦国武将のあり方や人の斬りかたまで習う強者武将。直茂・勝茂の二君で佐賀藩鍋島一族の基礎を構築したと言われている。

・二代藩主　鍋島光茂（一六三二）～（一七〇〇）

『葉隠』の作者山本常朝を側用人に置いていた藩主。光茂は勝茂の嫡子ではなく孫である。ここがポイントとなり後々、山本常朝が『葉隠』を口述する一因となる。しかしそれは要因の一部でしかない。

・三代藩主　鍋島綱重（一六五二）～（一七〇七）
・四代藩主　鍋島吉茂（一六六四）～（一七三〇）
・五代藩主　鍋島宗茂（一六八七）～（一七五五）
・六代藩主　鍋島宗教（一七一八）～（一七八〇）
・七代藩主　鍋島重茂（一七三三）～（一七七〇）
・八代藩主　鍋島治茂（一七四五）～（一八〇五）
・九代藩主　鍋島斉直（一七八〇）～（一八三九）
＊十代藩主　鍋島直正（一八一四）～（一八七一）

歴史学上は鍋島閑叟（号名で呼ばれることが多い為、鍋島直正は以後、本文中に於いては特別を除いて鍋島閑叟と記す）。佐賀藩中興の祖と言われ、賢人と呼ばれた家臣を明治政府に多数送り込む。

・一一代藩主　鍋島直大（一八四六）～（一九二一）。

最後の藩主であったが、版籍奉還でその後は明治政府の高官としての仕事にあたったところが多い。

佐賀藩の藩主としては一一代続いたが、本書のなかで活躍するのは藩祖直茂・初代勝茂・二代光茂・十代直正の四人であることをここで確認しておく。特に山本常朝が『葉隠』に登場させているのは藩祖直茂と初代藩主の勝茂である。歴代の鍋島藩主はどれも似た様な名前であるから読者の皆さんも是非、押さえておかれたい。

☆豆知識として佐賀県風評を紹介しておきたい。

県鳥はカササギ。県木はクスの木で県花はクスの木の花である。明治の著名人は大隈重信、江藤新平、大木喬任、副島種臣等。県民性は勤勉・実直・理論派が多い。以上は筆者の知りおく知人とそれに類する感想にすぎないが、多くを外していないと思う。

このカササギという野鳥は豊臣秀吉の朝鮮出兵のおり、従軍した大名が持ち帰ったという。持ち帰ったのは肥後熊本の領主小西行長といわれるが定かではない。このカササギは鳴き声が鋭く九州北部に主に生息する。カラスより一回り小さいが、群れを組み集団で行動をとる。巣に産みつけたカササギの卵をカラスが狙う習性があるが、カササギは集団でカラスを取り囲み追い払う闘争心の強い負けない鳥。色は白黒のパンダ模様。

生涯一夫一婦のおしどり生活をする模範鳥である。

ここで佐賀藩鍋島一族の思慮深い武士団が幕末から明治維新にかけての活躍ぶりのわりに「薩・長・土・肥」と西国四藩の中で最後に名を連ねることになっているのはどうしたことか。そこを学習しよう。先ず読者には本書二三ページの地図で佐賀という地方藩の地勢を確認していただきたい。

★ここから更に詳しく佐賀鍋島一族が歴史上にとった行動と事実を正しく学習しないと、明治維新の流れの中に隠れてしまい、勘違いではなく「彷徨える日本史」に向かってしまう。

詳しくは後節に触れるが、初代藩主鍋島勝茂が徳川幕府より公認された禄高は三五万七〇〇〇石であったことを思い出してほしい。それが幕末時点では徳川幕府の御前会議で鉄製の大砲や武器を発注され、幕府を助けて欲しいと幕閣より懇願される立場になっていた。その時の佐賀藩（十代鍋島閑叟）の禄高の実力は一〇〇万石を超えていたと言われている。佐賀鍋島藩がその域に達するまでの一族と家臣団が取った行動の指針の書として書かれた読本が『葉隠』であることをまず理解する必要がある。

肥前佐賀の領は決して恵まれた環境であったわけではないが、地政学上の立場から黒田藩と一年交代で長崎奉行の応援部隊をさせられていた。このおかげで藩の財政状況は困窮を極める運命にあったという佐賀藩の歴史の流れを知らねばならない。この時代には日本近海に外国船が産業革命後の経済力を表面にして開国を迫ってきていた。その代表格は嘉永六年（一八五三）アメリカのマシュー・ペリー率いる「黒船船団」の来航、浦賀訪問である。文献によればペリーは最初、それほど強硬な交渉に来たわけではなく、往時の日本海に於ける捕鯨漁船団の水徒と薪の調達が主題できたようであるが、その時の記録によれば、日本という国の文化と日本人の知識と経済力に驚嘆した。そこで水と薪も欲しいが正式に貿易がしたい。嘉永七年（一八五四）、再度訪問するまでに解答を用意しておくようにと伝え帰国の船上から大砲を鳴らした。その様子が狂歌に残る。「泰平の眠りを覚ます上喜撰（上等なお茶）たった四杯で夜も眠れず」は誰もが知る有名な一句である。ここらあたりから徳川幕府を先頭にして「尊王攘夷論」が盛んになりテンヤワンヤの国政となる流れの説明は明確でありここでは不要と思う。

　問題は「尊王攘夷派」と「開国派」のせめぎ合いであろうが、国政としては予想外の外圧による事件と、幕府の弱体ぶりから判断がつきかねていたというのが実態であった。この混乱ぶりの日本史については諸説膨大なため管見な筆者の知識で語れるところではない。

尊王攘夷派の中心勢力は水戸藩・薩摩藩・長州藩・土佐藩・肥前（佐賀藩）という見方が一般的な歴史認識であるが、実態は合従連衡のような一面もあって一律には語れない。

読者の皆さんも良くご存じの坂本龍馬や新選組の果たした役割も小説の色合いが強いため、本書の中では省略したい。開国派の中心勢力（公武合体派も含む）は彦根藩主井伊直弼ほか幕閣の一部に、諸説多数ありで混迷し判然とせず。今日からみればひとつの藩内でも意見がわかれていて、どの藩内にも隠れ尊皇派がいた。身内の藩士が何色かの区別をする意味はそれほど重要なところではない。それぞれの置かれる立場で発言は玉虫色であった。しかし国内の大勢としては戊辰戦争を境にして、天皇を中心とした「日本一君制」の考え方が主力であったように筆者は解釈している。尊王派の主張は「元来、日本国は天皇家中心の国家であり、徳川幕府は天皇の能権を代行していた一大名にすぎなく、即刻、天皇家に返上すべきもの」という解釈が大勢を占めた。これを「大政奉還」といい歴史上、明確に時代の変遷があったものとして明記されている。事実ではあるが、家康が聞いたら、さぞかし嘆き悲しむと思う程の徳川幕府末期の症状である。そのわりに最後の将軍である一五代将軍徳川慶喜は大きくにも小さくにもその果たした役割を書き記されていないように思うが、それは筆者の浅学が所以であろう。今、筆者が解説をしている部分は日本国の情勢を示しているのであって、本来の目的の三島由紀夫の「葉隠」とはすこし遠いところにいることは承知して頂きたい。従って幕末歴史談に詳しい読者は流し読みで充分であろう。

佐賀藩が「薩長土肥」の最後に名を連ねてしまった理由に入ろう。その前に再びここで読者に確認をしておきたい。

鍋島『葉隠』本は結果的に明治維新から日清・日露戦争の勝利に結びついた日本「武士道の勝利」が如く語られている文献・書物は多い。なれども山本常朝の論旨は佐賀藩の「藩政改革・藩士教育教本」としてのレベルで完了している。明治維新から日清・日露の戦争や第二次世界大戦に貢献しようとして書かれたものではなく、そこをしっかりと区別しないといけない。恰も佐賀藩と文中の『葉隠』について、現在に残る古き文献には新渡戸稲造が日本「武士道」を堪能な英語で書き込み、それを読んだセオドア・ルーズベルト二六代米国大統領（一八五八～一九一九）が感嘆し、往時の先進文化国と言われるところに紹介したか如く結ぶ資料も多い。しかし筆者はそれを現在の定説と評価していない。

ここが読者の混同される最初であろう。この点も後節で「新渡戸稲造の功績と罪」に於いて詳しく触れよう。

再び、佐賀藩と鍋島一族に話を戻す。幕府から長崎出島に来る外国船の見張り役「長崎御番」を黒田藩と交代で為した役割と、佐賀藩政の困窮に至った立場を紹介する。

◉佐賀藩独自の財政困窮の原因

一、鍋島直茂が龍造寺家から継承した藩領について、一部は既に述べた。話が長いが重要なところであるから更に確認しながら進めたい。鍋島一族は「佐賀藩領継承」の流れに複雑な原因を残した。

（イ）藩内に旧龍造寺家の有力家臣団（主に守護・土豪・士族たち三五家一族）の独自の治行地を認め、藩内の有力家臣としておいたこと。彼らはやがて鍋島一族を左右するほどの力量を示す存在になってしまった。

（ロ）藩領継承について、龍造寺家から鍋島直茂・勝茂親子が謀略をもって騙し取ったような、極めて不透明な経緯をとり、「鍋島一族」自身がその運命を後世の「歴代藩主」と共に家臣（山本常朝も含）たちも引きずる運命になる。

二、幕藩体制下の佐賀藩の役割

（イ）「長崎御番役」は寛永一八年（一六四一）最初に筑前福岡藩五十万二四〇〇石の黒田忠之に任命され、その翌年の寛永一九年（一六四二）に一年交代での警護役として佐賀藩に与えられた役。最初は役割の充分な認識はなく、異国船見たさの行楽気分であったようであるが、一年おきとはいうもののその配置する武士の人数は一年につき一〇〇〇人以上になったとある。役向き内容は外国の船団から天領である領地の安全確保と長崎領民の警護をすることであった。長崎は幕府直轄の天領。御番役の佐賀藩士たちは当然にして、長崎奉行旗本直参松平康英の指揮管理下にある。警護の経費はすべて当番藩による持ち出しの経費であり、この金額が行く末、佐賀藩の財政に重くのしかかる。

（ロ）文化五年八月一五日（一八〇八）フェートン号イギリス軍艦事件の勃発（文献に正確性を欠く）。イギリス国がオランダ商船の船員を引き渡せと言いつつ、長崎奉行の承諾もなくオランダ商船の船員を拿捕してしまった。その時は佐賀藩の役回りの年であり、長崎奉行より一三〇〇人ほどの配属が指示されていたらしいが実際にはシーズンオフであって、佐賀藩からは一五〇人しか配置されていなかった。その時、イギリス軍艦はイギリスの国旗を立てておらず、故意にオランダ国旗を掲揚していた。長崎奉行の松平康英は騙されたことを知り、その責任をとって自決した。佐賀九代藩主鍋島斉直は職務怠慢として、将軍から直に叱責を受け、江戸屋敷にて一〇〇日の蟄居（謹慎）が下された。そして長崎警護役の佐賀藩士千葉三郎、蒲原次郎衛門も切腹処分（『佐賀県史』）。鍋島斉直の藩主としての評価は低く、（『幕末維新と佐賀藩―日本西洋化の原点　毛利敏彦』中公新書）往時の佐賀藩の文化一〇年（一八一三）において収入の四六・三％が商人からの借財であったとある。その原因のひとつに藩主鍋島斉直の浪費癖がある。生活が派手好みで贅沢三昧であり、我がまゝ一杯で手がつけられず、一〇人の正室・側室との間に四六人の子をもうける有様で、奥向き経費が異常に膨張していた。これは全くぼろくそないわれようである。

　そこに更に幕府から長崎警護の装備強化をするように追加の経費負担を命ぜられていた。これが真実なれば財政困難は当然であるが、家臣たちもやる気をなくす。藩主斉直は隠居させられた。藩主の座は嫡子の直正が座すこととなった。ここでの鍋島一族のお家騒動は色々取りざたされても、それはそれで致し方ないところもあったと想像することはできるが、ここはそれだけで終わってよいところではない。

ここは読者の皆さんと同じ目線で、『葉隠』実践教室のひとつとして考えたい。本書のテーマは『葉隠』が主題。山本常朝が語るその文中に「家臣として最もやり甲斐のある仕事は家老職である」という一文がある。それによれば家老職として武士道の教えに従い、命を懸けて主君に「諫言」をするということになるはず。鍋島藩の財政がこれ程に逼迫してきている情勢について側近の家老・側用人・有能な物知りたちは主君にどんな諫言・助言をして、藩政を立て直そうとしたのか。

古賀穀堂たち一部の学者が文化三年（一八〇六）に『学政管見』なる意見書を九代藩主斉直に提出。政治の根本は人材育成・士風刷新であり、その実践場所として藩校を充実し、役人採用にあたっては学識を重視し、藩士一同、とくに高学歴者の藩校修学を奨励せよと力説したとある。就中、西洋文化に対する理解を強く訴えた古賀穀堂の家系は渡来人の家系で海外事情に明るかった。もっとも西国大名は徳川幕府よりも海外事情には詳しかったようである。ここらあたりは大変に重要な解説であるからよく理解して頂きたい。この鍋島イズムが後世の日本の活躍に大きな陰影を残す。確かに古賀穀堂は後に徳川幕府の昌平坂学問所（現在の東京大学の前進）の教授に抜擢される程の実力者であるからその中身は、現在の時代から見ても当を得た筋論であったのであろう。しかし筆者がみたいところはそこではない。

確かに古賀穀堂は重臣ではあろうが学者であり、藩政に直接携わる立場でない。その立場が重臣であっても家老を中心とした面々の主君に対する命（切腹も有り）を掛けた「諫言」でなくては『葉隠』の精神とはかけ離れていると言わねばならない。仮に古賀穀堂が出過ぎたとして、藩主の前で切腹をしたとしてもそれは山本常朝の『葉隠』中の「諫言」には相当しない。既に幕末になれば鍋島家臣一族にとっては『葉隠』も山本常朝も遠い存在であったのか適切な文献が見られない。藩主鍋島斉直の批判論は残るが『葉隠』に名高き鍋島の家臣団たちが示した知恵を用意して、それが藩主斉直をお諫め致し、そのうえで出した結論なのか。「佐賀県史」にあるならば披露し、正面から解説を加えなければ周囲の批判・批難だけでは「はがくれの木の陰」で『葉隠』理論も朽ち果てよう。筆者のこの物の言いようは不遜であろうが、佐賀藩と鍋島一族に対する誹謗中傷のつもりは全くない。そこに見たいのは一時代の側用人の山本常朝の見識が佐賀藩の鍋島一族を越えやがて、新渡戸稲造の紹介で世界の良識に迫った、日本の「普遍的価値観」の姿であると評価されるところは那辺（なへん）にあるかを日本史として、正しく位置づけられなければ「日本武士道」の姿は彷徨い続けることになろう。浅学の筆者にも読者にも得心のいく解説が欲しい。

鍋島一族とて十人も藩主が変われば賢人・知恵者ばかりが揃うこともないから例外もあるということか。如何に初学者であっても、言葉が過ぎるとのご批判のあるのを承知で先行学者に見解を示してもらいたい。もしその場に山本常朝が同席していたらどんな発言と行動をしたのであろうものかと筆者も読者も興味が尽きない。また話が寄り道をしたからここは鍋島藩の歴史に戻す。

鍋島藩の不手際と財政の逼迫が斉直の隠居と、その嫡子十代藩主鍋島直正による藩政改革を走らせた。その時、鍋島直正弱冠一七歳（満一五歳）。もっともこのような藩事情は、全国の諸藩にもたぶんに見られる事情であって各藩の財政改革が急がれていた。それだけ徳川の幕藩体制は早晩、崩壊（ほうかい）しようとしていたことであろう。ペリーの黒船船団の来航は偶然でもあるが、産業革命後の歴史の流れとしては必然であったかもしれない。

この鍋島藩政改革が功を奏して三五万七〇〇〇石が実力一〇〇万石にまで伸びて、鍋島閑叟直正は「鍋島七賢人」のひとりに数えられている。そこを読者と共に学ぼう。

◉第十代藩主鍋島閑叟登場の展棄

佐賀藩が財政回復をし、実力を付けたプロセスを紹介する。藩主閑叟は若いが才に長けた人物という評判は幕閣のなかでも噂されるほどであったらしい。それでも賢人、閑叟にも手違いはあった。その手違いが「薩・長・土・肥」の順序を持って今日も語られる所以となる。この順序付けについて、佐賀県人の一部の識者には何ら意味のない位置づけの文言という見識が多いと聞く。ここらの様子も佐賀県人の知識に拘る一面性があると思う。筆者は努めて、佐賀県人に対する中傷をするために佐賀県立図書館のレファレンスを要請したわけではないことは断言させてもらう。しかしこの一部であろう反論的見識は全くおかしな言い分だと思う。どこをもって肥前の佐賀藩を最後の位置に置いたか、誰が決めた歴史用語か筆者は知らないが、それがどうでもよい順序なれば、ほかの文献で「肥・薩・長・土」という佐賀藩をトップにする文献があっても良いはず。また幕末から一〇〇年以上も経過する今日までに当該関係者から歴史用語・記録訂正の強い要請があっても良いであろう。

総理大臣大隈重信・江藤新平司法卿・大木喬任文部卿の明治政府の要人を輩出した実績は佐賀藩の実力を証明するにおいて全く不足のない顔ぶれである。薩摩も実力は一〇〇万石くらいと言われていたからちょうどよいし、閑叟（薩摩と縁戚関係）は薩摩藩に鉄製の大砲造りを指導している。当時は日本で西洋の鉄製大砲を作る技術は佐賀鍋島藩以外にはなく、徳川幕府も全国の大名も国防の為に佐賀藩に大量の大砲や武器を発注した事実もある。幕府も他諸藩も青銅の大砲しか作れなかった時代に鉄の反射炉製造の技術は佐賀藩の専門で、幕府も佐賀の指導をうけた。伊豆の韮山は佐賀に遅れること一〇年後に反射炉を構築したとある。幕府は江川太郎左衛門が活躍したとある。これらの流れと事情を思案すれば、西国片田舎の佐賀藩がかくも優秀な武器弾薬を製造し、薩長に技術供与をするに至ったということの是非知らねばならない。

出遅れた佐賀藩が閑叟の時代に一気に「尊王攘夷派」の中核をなすほどになれたのかの大きな要因は、賢人と呼ばれた鍋島閑叟の藩政改革に対する果敢な行動にある。しかし、それでも日本歴史学は「薩・長・土・肥」の順序で記録を残している。この歴史文言にいろいろな角度を付け、半ば強引にその序列をおく雄藩の先頭に入れても少しもおかしくない。肥前鍋島藩の歴史案件はどの藩に対しても遅れを取っていない。それを意図的な影の力が影響したのではないかという意見で正論に拘るところが他県より強く感じる。伝統的に学識意識の高い県民性なのであろうがそれはそれでよい。そこら辺りの詳細は後節で解説をすることで読者の理解を頂くことにする。

次に幕末「佐賀七賢人」を置いてみる。「佐賀の七賢人」と言われても筆者の知識では不十分であり本題のテーマである『葉隠』に関わる人物に止めたい。

＊鍋島閑叟　文化一一年（一八一四生）天保元年、第十代佐賀藩主となる。詳細は四五頁～にて別掲載。明治四年（一八七一没）

＊佐野常民（さのつねたみ）　文政五年（一八二二生）安政二年（一八五五年）　日本最初の蒸気機関車の模型を作成。明治一三年（一八八〇）大蔵卿に就任。明治三五年（一九〇二没）

＊島　義勇（しま よしたけ）　文政五年（一八二二生）明治四年（一八七一）秋田県知事に就任。明治七年（一八七四没）佐賀の乱で刑死。

＊副島種臣（そえじまたねおみ）　文政一一年（一八二八生）明治四年（一八七一）外務卿、明治二五年（一八九二）内務大臣に就任。明治三十八年（一九〇五没）

＊大木喬任（おおきたかとう）　天保三年（一八三二生）　明治四年（一八七一）文部卿、明治六年（一八七三）司法卿に就任。明治三一年（一八九九没）

＊江藤新平（えとうしんぺい）　天保五年（一八三四生）明治四年（一八七一）全国に廃藩置県を行う。明治五年（一八七二）初代司法卿に就任。明治七年（一八七四）佐賀の乱で破れ刑死。

＊大隈重信（おおくましげのぶ）　天保九年（一八三八生）明治六年（一八七三）大蔵卿に就任。明治一五年立憲改進党結成。同年東京専門学校（現早稲田大学）開校。明治三一年（一八九八）第一次大隈内閣総理大臣、大正三年（一九一四）第二次大隈内閣総理大臣となる。大正一一年（一九二二）死去。国民葬。

＊枝吉神陽（えだよししんよう）　文政五年（一八二二生）文久二年（一八六二）。佐賀七賢人と言うのが歴史学の一般的見識であるが、副島種臣の実兄の枝吉神陽を含めて「佐賀の八賢人」という学説もあるため、ここでは追補して添えることにする。「日本一君制」を唱え佐賀に尊王運動を展開し、水戸藩尊王攘夷派の第一人者の藤田東湖や長州藩吉田松陰などの人脈を持つ。佐賀藩の大隈重信・江藤新平・大木喬任・島義勇に大きな影響を与えてその名を残す。

余計な管見説明かもしれないが、鍋島藩主歴代一一人に賢人は閑叟がひとりというのはどうであろう。常朝の『葉隠』精神で文中に、家臣は主君に対して「滅私奉公」と「死に狂い」に徹する程、恋慕の如く慕うべし。その意、自ずから通ずるものであり、疑うべきでなしと詳しく例示しているが、家臣はどうあれ藩主は藩祖直茂・初代勝茂・二代光茂そして十代閑叟以外はさほどの人物であった評価を歴史学者は与えていない。『葉隠』は学修はさせるが重臣家臣たちに実践、活躍の場所を用意していなかったのか疑問が残る。ここでも葉隠精神は顔を出してはいない。我々は葉隠武士道を新渡戸稲造による世界的な紹介作品ですでに満腹になってしまっているのであろうか、自省しないとその真価を間違う。『葉隠』は一方通行の押しつけ倫理であったのか、これからの過程の中で勉強しなければならない。

★佐賀の藩政改革　鍋島閑叟再びの登場（**一部前述紹介済と重複**）。

鍋島閑叟　天保元年（一八三〇）十代佐賀藩主となる。今少し閑叟の履歴を加筆しなければならない。

天保五年（一八三四）佐賀城下に医学館を建てる。弘化三年（一八四六）藩内で天然痘が流行するがオランダよりワクチンを取り寄せて、嘉永二年（一八四九）、閑叟は息子の鍋島直大（十一代藩主）に接種させてその結果に満足し、藩内に留まらず日本全国に普及尽力した。その後、藩の医療も中国様式から西洋方式に替わり、全国に先駆けて医師の免許制度を採用した。「好生館」と名前をかえ現在の佐賀県立病院の原型となる。

嘉永三年（一八五〇）に佐賀市に反射炉を建てる。明治維新後、閑叟は議定に就任し大納言の位を受ける。ここに大納言の位とは大変な高位であり、徳川将軍と変わらない。

若くして十代藩主となった鍋島閑叟の改革内容をみよう。そして実力一〇〇万石と言わしめた藩の勢いと人材をもってしても、鍋島閑叟に誤算が出た幕末の流れと事情をしっかりと押さえていくことにする。登場人物が多いことと、今まで読者が知り得ている人物の印象とが幾分にして異なる場面もあろうが、それはあくまで佐賀藩側からの見識であったと解釈して頂きたい。

佐賀の置かれた「負の環境」について、閑叟自身が現状の把握に全力投球をした。閑叟は江戸生まれで、今回初めて佐賀の地を踏んだが改革の第一歩は自ら進んで範を示すことから始めた。粗衣粗食に徹して、倹約を奨励し乱脈財政からの脱却に着手。この機に佐賀藩の藩校（弘道館）学者古賀穀堂に指導を請い、穀堂はそれに答えて『済急封事』という長編の論文を提出して答えた。それはこんな内容である。

「今日の急務條々」と題して㈠人材の選用、㈡勤倹の奨励、㈢歳出の経常歳入枠内厳守といった項目であった。更に新田開発・国産（佐賀産）奨励などの増産増益の実践。わかり易い書き様である。そのまま今日でも範にできる。

ただし、古賀穀堂の指導はここからが違う。曰く「藩への性急な利得収納を戒め、上納などの事はまず留め置かれて、民の潤いにさえなれば宜しいという事に心掛くべし」とある。民が富めば藩も豊かになるとの施策理念を示した。緊急事態というも見事な提言ではないか。佐賀には立派な学者がいた証になる。正に「入るを量て出るを制す」の教えであろう。また他方でこんな言葉もある。これは中々にして「言うは易し、行うは難し」の格言通りになりやすいことであると。

現に、この若き藩主閑叟の財政改革方針に隠居中の先代藩主斉直を取り巻く守旧勢力は困窮に拘泥（周りが見えなくなることの意か）し、陰に陽に閑叟の足を引っ張ったと葉隠研究（佐賀県立図書館研究専門誌）の文書に残されている。この表現を筆者は確認していないからどれ程の家臣たちが改革の邪魔だてをしたのかわからないが、佐賀藩の文献は閑叟を盛り立てる歴史観が多分にある表現ではないかともみる。小説じみた書き様であり、事実名を明確にすべきところではないかと筆者は思うが読者はどうであろう。

歴史学と伝記や軍記物とは一線が引かれるべきものというのが筆者の自論である。特に幕末から明治維新にかけての文字文様は世界に羽ばたく東洋の謎の国日本。躍進する明治政府と大和民族といった奇臭が先行しがちであるところは割引をしないと、全てが時代小説になってしまうように思うのは筆者の浅い了見であろうか。その様な指摘があるとすれば更に努力をしたい。

閑叟は次に佐賀の特産物の櫨蠟(はぜろう)・陶磁器（有田・伊万里等）・石炭の産品の奨励、水産物に恵まれた海の環境を活かし、長崎貿易に貢献することを重視した。この政策の徹底と実践が藩の財政を急転したようにも言われているが、やや出来過ぎな感もある。

推算とあるが、これで三五万七〇〇〇石の表高が九〇万石～一〇〇万石の富裕藩になったというがどうであろう。それはさておいてこの財力が後の幕末から明治維新の展開の佐賀藩体制の洋風化（何でもよいから西洋を手本にして真似る）に大きく貢献したことは間違いない。

この改革の手法に若年者、書生の人材を多用したため、守旧派といわれる高歴者の反発も多かった。それは今世の「令和時代」でも変わらない。何れにしても閑叟の藩政改革の大きな戦力になったのは、先に触れた古賀穀堂の「人材の撰用」を実行したことが功を奏しておおきく貢献している。この賢人たちの藩政に対する貢献内容は薩摩・長州・土佐の藩校の物語とはやや違っている。この幕末時代には薩摩、長州の雄藩といわれる藩校は沢山あったが、ここで藩政改革に貢献したのは佐賀藩校の「弘道館」ではなく藩主閑叟の号令による無礼講の『葉隠』を教材とした「会読会（かいどくかい）」の徹底教育である。佐賀の藩校である「弘道館」と閑叟主催の「葉隠会読会」の違いを理解しないと読者は混乱するであろう。ここで筆者が『葉隠』につき、知りおくところからじっくりと読み取られたい。

佐賀鍋島藩の藩校弘道館は天明元年（一七八一）八代藩主鍋島治茂の時代に開設された。儒学者古賀精里（こがせいり）の構想により、儒学、朱子学を中心にして且つ海外にも関心を持たせた学門道場であるが、広大な敷地を用意して、学業のみならず藩士の健全な発育を念頭にした武術、馬術の武道教練の場所としても重要な役割を果たした。

そのスケールおいては水戸の弘道館には劣るが、佐賀に弘道館ありの名を馳せた。水戸は中納言であり、佐賀は地方の外様藩であるから比較するところではないが、それでも、閑叟の良き相談相手となった。因みに全国に弘道館の名乗る藩校は五つあったと言われるが、ここでは水戸と佐賀を知れば良い。古賀穀堂は藩校開設に尽力した古賀精里の長男である。ここでは漢籍による孔孟思想の解釈を中心としたため、『葉隠』は故意にして、弘道館の教材にはしていなかった。『葉隠』が藩校教材として不採用となった理由について巷間語られている説によれば『葉隠』の内容に深い理解を示せる者なればよいが、一読くらいでは誤解を与えるきわどい内容の為、一般教材には不向きであったということである。

筆者はこの説には賛同致しかねる。笑止なことではないか。それほど世間に誤解を恐れる内容の「葉隠武士道」の精神を、如何に新渡戸稲造が外国語に堪能な人物であったとしても、一体、何処に向かって何を紹介をしたのか。山本博文の「新渡戸稲造現代語訳武士道（筑摩書房）」を通読した。大きな関心はもてなかった。新渡戸稲造は本当に日本民族を正しく紹介していたものであろうか。自身の見識を主張したかったのか、日本民族の海外認識を紹介したかったのか判然としない。そして葉隠日本武士道の思想は一〇〇年後には存在しないであろうとも自ら言いおいている。一〇〇年後に不安があるならばルーズベルトに紹介せねばよい。そこに対する先行学者の意見を筆者は知らない。確かに常朝『葉隠』は際立った表現もある文書であるが、外部の幕府隠密ならともかく、鍋島先代御歴々の武勇伝を時の佐賀藩士が読んでも問題があるとは思えない。真相は別

にあろうかと思うが、そこまで筆者が邪推してもあるのは関係者のご批判であろうから
そこをよけて話を前に進めよう。

閑叟は人材育成の為にこの弘道館に幾度となく機を見て立ち寄り、身分の上下を問わずに就学者全員に謁見させ激励をした。特に上級武士の修学を期待した。結果も期待されるものとなった。再々に登場させるが大隈重信をはじめとして、副島種臣・江藤新平・大木喬任など優秀な人材を明治政府に送り込むことに成功した。

一方『葉隠』会読会というは弘道館の教育と必ずしもリンクするものではなかった。先に触れたようにこの会読会は天保一二年（一八四一）長崎警護のため派遣された佐賀藩士の間で、毎月六・一六・二六の三日間、毎月長崎の警護宿舎に閑叟が同席をしての無礼講学習会の色が濃くあった塾模様。その流れは弘化四年（一八四七）に、佐賀城下で葉隠の会が大組単位で定期的に開かれ、安政二年正月からは佐賀城、竹の間で藩主を交え葉隠の読書会に拡大していくことになった。これで葉隠精神は佐賀鍋島藩の上級家臣団の共通教本となったといっていいだろう。この辺りの藩政改革の展開を筆者が独断してみれば、弘道館は幅広く人格の形成を醸成させんがための学習の場であり、葉隠会読会は明治維新の前十年くらいから実施し発展させており、閑叟が徳川幕府なき後の自藩

による防御体制の必要性に鑑み、武闘派佐賀藩士の必要性に急場しのぎの空気もあろうが、それだけの必要性があったものと見る。それに対して江戸幕府は徳川一族による儒学または朱子学の官房学（山崎闇斎の崎門学派）であり、その趣意は古賀穀堂と同門となる。佐賀藩の学者、枝吉神陽の唱える「日本一君制」には佐幕派の儒学者にとっては葉隠哲学と同調しづらい一面があったと筆者は推量する。寧ろここで「葉隠武闘派」体制の必要性を捉えた鍋島閑叟の判断は慧眼に値する。先行する薩摩・長州・土佐の動きが散らついたのではないか。

ここから本書が直ちに明治維新に及んでは話の展開が早すぎるから話を少し遡らせよう。藩内の産業を育成・奨励をしても三五万七〇〇〇石の財政が幾ら七賢人のひとり、鍋島閑叟が全力疾走しても一〇〇万石への豹変はこの期間では達成出来ない。閑叟は他の財源を作り出したと見た方がわかりやすい。話をそこへ続ける。読者の皆さんはここらあたりについて、覚えることは何もない。佐賀藩鍋島一族の栄枯盛衰を知るだけの流し読みで問題はない。『葉隠』本編の解釈は更にややこしい。

閑叟はここで思案する。依然として経費の大半を費やしていた「長崎御番役」の様子と外国船の実態を知る為に、長崎沖に停泊中のオランダ船に佐賀藩主自身が強引に説得して乗船し、見聞を広めようとした。御番役は拒否できるものではないから、どのようにして経費が掛かるのか、異国船団の風貌と組み立てを自分の目で確かめたかったのであろう。

有言即実行。これは閑叟の若さである。外国船の取り締まりと天領の安全を本分とする長崎奉行でも、直接に藩主が乗船を求めるという前例はなかったから即断し兼ねていた。閑叟は半ば強引に許可をとり、鍋島御用船をオランダ船に寄せ付け、藩主が自ら乗り込み見聞し、その外国船のスケールの大きさに驚嘆した。外洋を渡り欧州から船団を組んでくるわけだから、沿岸専用の和船とは当然違う。波の大きさが違うから装備も技術も比較できるところではない。往時の海防和船は沿岸捕鯨用のものが殆どであり、オランダ、イギリスの鉄製船とは凡そ比較すべきもないが、閑叟が驚嘆したのは装備された数門の鉄製大砲の迫力であった。佐賀の藩政改革のそのひとつは外国船の迫力、武力の格差であるという知識を藩主が知ったことであろう。

長崎御番役は黒田藩と一年交代の警護であったが、閑叟は当番年のたびに長崎に同行し、その姿は常にオランダ船上にあった。黒田藩も外国の威力に警戒し佐幕派に傾倒していった。一方、佐賀藩は外国船の実力を認め、西洋文化を完全コピーのものまねに徹して、藩政改革に取り入れようとした。この見識の違いが明治政府への人材貢献において大差がついた。

閑叟はまず、銅製の武器をオランダの技術に習い鉄製にするために、鉄材の生産を学び日本で初めての武器工場といえる生産体制を構築した。ここで鍋島閑叟は全国の大名たちの見識を大きくリードした。人材の登用は若手の上級士族を優先し、守旧派といわれる老臣を外すことに躊躇(ためらい)はなかった。この判断の是非については佐賀藩の体制を理解する為に大隈重信の意見を見る別の文献を用意する。とにかく、閑叟は改革を急いだ。

この閑叟の断行が九州佐賀に薩摩に並ぶ雄藩ありという旋風を起こし、各藩より鉄製武器の発注が寄せられた。閑叟の財政改善と発言力は日増しに増えた。時世は急を告げた。文久三年（一八六三）八月十五日、生麦事件(なまむぎじけん)に端を発した薩英戦争が起こり、それに引き続き同年六月二五日に長州の下関事件（米）、馬関(ばかん)戦争（米・英・仏・蘭の四国）が勃発して、薩摩も長州も武器威力の違いを知らされることになる。一方、オランダの情報により産業革命後の米国や欧州の戦力と経済力を知る閑叟は無益な交戦することは全く眼中になく、ひたすら人材の育成と産業の革新に努めた。これを称して佐賀藩は「天下の兵器廠(へいきしょう)（兵器工場）」といわしめた。もっとも誰がその様な褒め方をしたのか、残念ながら筆者は管見にして知らない。

これで佐賀藩は実力一〇〇万石である。時に嘉永三年（一八五〇）でアヘン戦争から一〇年後、そしてペリー（米国）やプチャーチン（露国）が来航する三年前である。幕閣老中首座の安倍正弘は佐賀藩に大砲二〇〇門を発注した。佐賀藩は長崎警護役の役回りの恩恵を活かした。古賀穀堂の教訓「入るを量りて……」の実践。余談ではあるが天領長崎の警護役は他藩に誇れる役回りであったことは知っておきたい。

ここから幕末の展開を急ぐ。時代は急転し風雲急を告げる。舞台の中心は老中井伊直弼（近江彦根藩主）であろう。「安政の大獄」安政五年（一八五八）、「桜田門外の変」安政七年（一八六〇）。桜田門外にて井伊直弼は水戸天狗党により暗殺される。井伊直弼は尊王ではあるが徳川幕府を存続しながらの開国貿易論者であった。それからの閑叟の立場は微妙に変化し、やはり徳川幕府を温存しながらの貿易賛成であったが、態度を急変させ尊王論を唱え始めて、佐賀藩校弘道館の教授枝吉神陽の唱えた「日本一君制」を口にするようになる。この時代では自説の論旨を急変させる実力者は幾らでもいた。

閑叟が何故に尊王攘夷論に傾いたか、そこに少し触れよう。元々、佐賀藩には南北朝時代の南朝後醍醐天皇の忠臣楠正成・正行親子を祀る慣行があった。この中心にいたのが、枝吉神陽である。彼は弘道館の教授にあり、大隈、江藤、副島、大木等の優秀な人材を多く残した。閑叟はペリー来航以来、隣国中国での英国の立ち回りを知り、徳川幕府の体制でこの国難を乗り切ることの困難さを読み、京に上り、孝明天皇や側近の関白近衛忠熙や姉小路公知の公達に接近した。そこで閑叟は病体に鞭を打ち、佐賀藩の人材が国際事情に長けているという立場と「日本一君論」の由緒を語る為の佐幕派から尊王派への変節を至極当然の成り行きとして、自論を持って迫ったのである。閑叟は持病持ちであって先を急いだ上洛との見方もあるが、ここでは急ぐ程の話ではない。

ところで、果たして閑叟は公達たちに接見できるほどの伝手があったのであろうか。会話の記録があるから許されたのであろう。

筆者はここからは読者に正確に説明しなければならない。

鍋島閑叟の目算違いは近時の国内に於ける政治情勢からして、薩摩の西郷隆盛や大久保利通、そして長州の木戸孝允（桂小五郎）、伊藤博文、土佐の後藤象二郎、中岡慎太郎らの活躍に比べて佐賀藩士の活躍姿が見られないことに焦りを感じ、文久元年（一八六一）自らが隠居をして、家督を長子の直大に譲り国政の中央にありて、「薩・長・土」の序列に割り込み、自論の展開を図ろうという野心をもった。少し長いが筆者の独断を避けるために先行学者の一文を紹介する。

幕府は既に京都の御所警護につき会津藩の松平容保に任命していた。閑叟は関白近衛忠煕に対して次のように力説した。佐賀藩軍事力の優秀さを売り込もうと大言荘語して曰く、「世間では薩摩、長州、土佐を憚っているようだがいずれも装備は旧式でたいしたことなく、我が佐賀藩の新式装備のほうがはるかに強力、佐賀藩銃隊半数四〇余人を指揮すれば簡単に蹴散らせて見せる」と、露骨に自力を誇示したとある。この閑叟の強弁は公家たちに好印象を与えることは出来ず終わった。

しかしこの話はこれで収まることはなく、すぐさま近衛忠煕から薩摩藩の島津斉彬（一八〇九～一八五八）に伝わった。閑叟は正直すぎた、というよりも自信過剰で独走的な一面があった。薩摩はその話を聞かされ、「武士の表看板である軍事力に因縁をつけられた」と怒り、佐賀藩と薩摩藩の関係は俄かに険悪となった。閑叟は長州贔屓で特に木戸孝允をひいきにしたという話もある。ここでの割り込み計算の目算違いが「薩・長・土・肥」の雄藩最後列の姿になっている。つまるところ佐賀藩と鍋島閑叟は立ち遅れたのである。

まえに佐賀の識者の一部にこの序列は意味なく俗説という意見があることを紹介した

が、この立ち上がり遅れについて、「大隈伯昔日譚」にも遠慮することなく書かれている。歴史案件は見る角度、立場によって大きな違いが出てくる。しかし歴史観を変えるにふさわしい新しい文献が出るまでは、どこかで明確な見識が示されるべきだと思うが読者は如何に思われようか。筆者は巷間語られる「薩・長・土・肥」の序列は蛤御門の変や戊辰戦争に対する歴史的貢献度に頼った後世歴史学者の見識・考学が為した順位とみる。閑叟は賢人ではあるが同時に慎重な学者タイプであったかもしれない。藩政改革には率先垂範の実行者であったのに惜しまれる。さりとてこのひとつの現象で佐賀藩と閑叟の評価が下がるところではない。

ところで閑叟が公達たちの前で自慢した、佐賀の和製鉄大砲の実力はどれほどであったか文献からみてみよう。一五〇ポンド砲（備え付け砲台）など巨大四砲から沖合一三町六（約一五〇〇メートル）の遠距離表標的に向けて発射された一二発のうち一〇発が命中している。大変な精度である。他に英国製の輸入品のアームストロング砲（移動式大砲）も佐賀藩による商売品であり、五稜郭に沈んだ幕府軍榎本武揚や新選組副長土方歳三を蝦夷まで追い込む官軍の常用兵器となっていた。

明治維新は確かに日本の「総旧体制」を国ごと一変させた日本国の一大改革の偉業で

あるが、これだけ登場人物が多く「皆賢人(みなけんじん)」扱いでは、日本の歴史は立場の違いで多くの俗論が今でも色濃く残る。時の政権に登用されるような人物は皆総じて、自己顕示欲が強い。自己主張と歴史に正解はない。だから日本史は彷徨い続けるであろう。

「令和」の時代も世界の体制と秩序が急変しそうにある。閑叟が中国のように列強英国が押し寄せたアヘン戦争後の中国のように、佐賀藩の将来がどんな立ち位置になるのかの深謀遠慮(しんぼうえんりょ)は現在の世界情勢と何ら変わりないことを、読者も筆者も歴史に学ぶべく輪郭(りんかく)だけでも押さえておきたい。これ以上に話を拡大させるとまとまりがない。

同じ弘道館の門弟であり、同世代の大隈重信と江藤新平は肌が合わなかった。残念だが事実である。

佐賀藩の歴史の最後に佐賀の乱について説明したい。ここで筆者は佐賀藩士の葉隠精神がどんな表現になったかをわかり易く読者に説明したい。

★明治六年政変・佐賀の乱　明治七年（一八七四）

登場人物は多い。主役は鍋島閑叟と江藤新平、そして薩摩の大久保利通であることをしっかりと押さえておきたい。登場人物はほかにも多数いるが、本書のここでは主役ではない。征韓論争の正体を知らないと明治維新の歴史が理解できない。

明治天皇は王政復古後の日本をどんな国体にすべきかと思案し、岩倉具視を団長にして、大久保利通、木戸孝允、伊藤博文などの海外視察団を編成させた。明治四年～六年まで政府の若き幹部候補や留学生を含む一〇七名の一大視察団である。

視察団が帰国後において、日本に残留し留守政府を預かっていた西郷隆盛、板垣退助、副島種臣、後藤象二郎、江藤新平などと、今の韓国政府に如何なる外交をするか意見が対立した。

「勝っても負けても征韓論へ」という例え方をする明治維新の体制を語る表現がある。明治政府の重鎮には朝鮮より、日本の明治天皇に対して即刻、表敬の訪問をするべく一時の猶予を持たせることなく、要請すべきであるという「積極論者」と、明治維新の日本国内体制、所謂「国体」が定まらぬうちは慎重にという「慎重論者」の二分で構成されていた。

韓国政府（李氏大韓帝国のこと。現在の大韓民国とは異なる）の日本に対する外交姿勢は徳川幕府の時の様な柔軟な姿勢ではなかった。その時、韓国で政権を持った興宣大院君（一八二〇～一八九八）が、韓国は中国と行動を共にして「小中華思想」を構想していたために、日本の明治天皇に表敬外交をする必要はないという姿勢をとった。これは往時の朝鮮の儒学者たちが、朝鮮を中国と文化的同質性を持った「小中華」と自負し、他の勢力を夷狄視（打ち払うべき外敵）した思想である。その真意は中国と韓国を中心にして東アジアの隆盛を図り、西洋文明を取り入れないという態度である。とりわけ西洋文化を迎合しようとしていた往時の日本の明治政府を強く嫌った。是非の議論は別にして、読者はこのことは認識しておかねばならない。どんな経路を経たとしても、その時の朝鮮国は日本の属化領地になることを予想していた国民は全くいなかったと見ておかないと、日韓の現代史を理解するにも、大きな障害がでる。ここらあたりの歴史観は迎合するところではないが、日本国民も知り置くべきところではないか。

東アジアの諸国にとってはアヘン戦争の英国戦略が宜しくない。日本政府の中にも攘夷論者はそんな韓国の態度に理解を示す者もいた。

明治天皇は血気に逸る征韓論者に対して、「外遊組」が帰国するまでは重大案件について慎重にあるべしとの取り決めを下し、天皇への上奏は再度にするように下知していた。欧米視察団が帰国してから、棚上げになっていた征韓について明治六年一〇月一五日から二五日までの一〇日間をかけ、正に喧々囂々の様子であったとある。視察団のメンバーは殆ど折り合いが悪く、例えば岩倉具視と大久保利通は全く意見が合わずバラバラであった。しかし征韓論者に対しては一致して強硬に抗弁した。将来の国体、政治に対する考え方の違いも大きく、何ら打ち合わせもできていなかったという様子が「大隈伯昔日譚」に詳しくある。

筆者はこの「征韓論」をめぐる議論には大きな意味が二つあったとみている。ここが明治政府の大きな分岐点であり、結果次第で後世におおきな影響を残したところである。読者もさらにひと息して進まれたい。

＊問題その一

岩倉具視（いわくらともみ）、大久保利通らの「欧米視察帰国組」は西郷隆盛らの征韓論者に対して、韓国の態度よからずとしながらも、性急に対韓態度を決める前にまず、日本国家と国内政治のあるべき姿を決めることが最優先であるという見解であった。それに西郷隆盛自身が渡韓して、韓国の要人と交渉に当たるというやり方は事を大きくする。若し交渉に失敗した時は西郷隆盛の命の保証はないし、日韓戦争勃発のおそれあり。今の日本には開戦するだけの体制にないという論陣を張った。

西欧諸国を見聞してきた岩倉、大久保たちから見れば征韓論者は「思慮足らずの輩（やから）」

に見えてしまったのであろう。しかしこれには伏線がある。大久保利通から見れば、自分が不在の欧米視察中に、江藤新平、副島種臣ら一部の専断により、天皇を弄して国内政治を専行した。「怪しからん、出過ぎた所業であろう」の気持ちが強くあったと筆者は推断する。特に江藤新平司法卿の活躍は見事であった。刑法の一部に上級政治犯に対しても「一般国民と同様な刑料をもって処す」というところがある。この一条について大久保利通は許せなかった。せめて我らの帰国を待って一言の相談があってしかるべきではないかの思いであったはず。

それかあらぬか、江藤は、法務卿の時自ら制定した「犯罪者全国指名手配」制度の掲載の第一号犯罪者に「佐賀の乱」の首謀者「江藤新平」が載せられ逮捕、斬首晒首にされた。西欧視察団の不在中に、佐賀藩の賢人と言われた切れ者たちの立ち回りが極まり、薩摩・長州の同盟組の舞台がなくなっていた。そこに対する大久保利通の秘めたる思いがあった。伊藤博文もそのひとりといわれる。西郷隆盛はもし訪韓交渉決裂の場合には切腹の覚悟があり、その時は韓国との開戦をするべく、手紙を征韓論者の同志板垣退助に送っていた。西郷隆盛は最初から武力をもって臨むのではなく、あくまで話し合いをし、決裂の場合は責任をとり自決をする意思を明確にしていた。

＊問題その二

西欧使節団の中に何故、西郷隆盛が参加していなかったかということである。もし西郷隆盛が視察団に参加して、日本を不在にするという前提が、異論の噴出を危惧したであろう。その理由の筆頭は陸軍元帥の西郷隆盛を不在にすること自体が国土安全、天皇の有事、不慮に対応ならずの恐れあり、国外などはとんでもないということにあった。それに加えて西郷が不在なれば、江藤新平など佐賀勢だけで征韓論は独走していなかったのではないか。大久保利通は西郷隆盛と不仲であったことは多数の文献にのこる。これまでの経緯は乗り越え、西郷の目で産業革命後の世界をみせてやりたかったと思うのは筆者の感傷であろうか。実現していたら以後の日本の行方は変わっていたと思う。視察団の中味は政府の重鎮を除けば学習者が多かった。政府の高官大久保利通からすれば、西郷は軍人止まりの評価であったと見る。視察団薩摩に両雄並び立たずであったのは残念。西郷はスレンダーな洋服が似合わなかったのであろう。最も視察団から推挙の声があっても西郷隆盛が大久保利通に同道するということはなかったかもしれない。薩摩での若き時代に行動を共にしたが、大久保は高級官僚。西郷は薩摩の軍人という風貌が似合ったということである。

征韓論に破れた五人は野に下った。西郷隆盛は薩摩に戻る。その後、明治十年（一八七七）に西南戦争に関わり自刃した。板垣退助・後藤象二郎・副島種臣は自由民権運動をおこして愛国公党を結成。江藤新平（征韓党）は島義勇（憂国党）と同じく佐賀の乱の首謀者とされた。この西南の役や江藤新平等の佐賀の乱についてその戦い振りが、新聞に書きたてられ、東京市民たちは取り合い奪い合いで読んだといわれているが、このような大衆の有様は、その後の日清・日露の勝ち戦のドンチャン騒ぎに似ているが、筆者には気持ちのよい風景ではない。ところで征韓論の「韓」の一文字は何処から来たのであろう。この時代には「大韓民国」という国はまだ存在していなかったと思う。だからこの「韓」の文字は朝鮮半島南部に存在した、「馬韓・弁韓・辰韓」の三韓民族の名称が、嘗ての朝鮮通信使か「対馬藩宗氏」あたりの文献に起因したものと見る。この時代に韓国という国は存在しない。ただし、李氏朝鮮国が一時期大韓帝国の名を名乗ったことがあるが、征韓論との年次が一貫しない。どちらにしても現在の大韓民国とは別名である。

ここまでの流れは幕末から明治維新まで政府要人の立場を語り、本書後節の『葉隠』

本の解釈の下地にすべく触れてきた。ここでも面倒な箇所は流し読みでよいと思うが、『葉隠』佐賀藩士の行動は正しく理解されたい。

佐賀の乱の首謀とされた江藤新平は佐賀に於ける「征韓党」のリーダーに要請されたが、幾度も辞退して、一時長崎に雲隠れしたとある。そして江藤は要請を断り切れずに代表者的立場におさまった。この征韓党の集団の身分の個人的な詳細は不明であるが、上級士族たちの集団であったという記録がある。この事実が重要な文献である。

一方、島義勇の「憂国党は下級士族の不満分子たちの集団」であり、島義勇をたよった軍勢であった。中には牢人、町人の不満分子もいたように聞く。最初は江藤新平らと行動を共にした約三〇〇〇人ほどであったが、全国の不満分子が最終的には一一〇〇〇人くらい集まったとこれも県史に残る。このふたつの叛乱軍の戦いを称して「佐賀の乱」といわれていることを、読者は共通する日本史用語として知りおかれたい。

島義勇は下級士族たちの先頭に自ら進んで、佐賀の叛乱軍の中心となった。不平分子の集まりは佐賀に限らず政府転覆をねらった徒党の輩とみられ、その時はすでに徳川幕府は消滅しており武士の身分ではなかったことを、我々は認識しておかなければならない。

島義勇は「七賢人」のひとりの自覚で不満分子の代表になった。憂国党は下級士族が中心であり、中には士族以外の賛同者もいたらしいが俗説もある。政府軍は佐賀の士族の不平分子を征伐するという名目であり、大久保利通の率いる師団であった。結果は数に勝る政府軍の圧倒的な勝利である。政府軍の武器は嘗て、佐賀藩が率先して製造していた近代的な武器であったろうが何となく複雑である。これが歴史であろう。

この政府軍の素早い行動は背後に長州の伊藤博文の暗躍があったといわれている。伊藤博文もやはり薩摩・長州の働き舞台の減少と、やたらに目立った佐賀藩士の行動を排除したい思いで薩長同盟が実を結んだのであろう。坂本龍馬、中岡慎太郎の活躍した薩長の同盟がここで役に立つとは何と説明したらよいか筆者も苦心する。

しかし筆者の思いはそこではない。「征韓党」の首謀者といわれた江藤新平は葉隠精神をどこに忘れてきたのか、戦況不利と見るや同志ともいえる島義勇の率いる「憂国党」に相談することなく党を解散し敗走した。

江藤は「征韓党」を解散し、嘗ての征韓論者の代表的存在であった西郷隆盛を頼って薩摩に逃げた。西郷はこれに取り合わず、政府軍との戦を諫めたという。江藤新平は次に征韓論者であった板垣退助を頼り土佐藩に身を寄せようとしたが、ここでも理解を得られずに土佐高知は東洋町甲浦で政府の手により捕縛されたと詳しく記録が残る。「憂国党」の島義勇も逃走したがやはり政府軍に捕縛されている。残された叛乱士族の最後の表情を語る文献には大久保利通の強引ともいわれる佐賀の乱の戦い末期の状況を「穏やか模様の佐賀士族の討伐を、ごり押ししたであろうか」とある。

　大久保利通と江藤新平の確執関係はそれでよいが、佐賀の士族たちの戦いは、生きるか死ぬかの闘争であるのが『葉隠』精神の必定であるはず。政府軍が福岡県まで来ている。戦闘相手を見るや否や、遮二無二に相手に斬りつける態勢をとるのが葉隠武士道の神髄。「武士道と云うは死ぬことと見付けたり」と全く違う、穏やかな様子で死を迎える武士道も佐賀県にあったことをここに確認しておきたい。この一文も大変重要な表現である。それに対して「江藤新平」、「島義勇」。この二人の行動を読者は何と思われる。この部分の解釈が本書の『葉隠』の解釈を左右すると考えていることを読者は忘れることなく止めて頂きたい。

　このような歴史は史実半分、俗説半分で作者の感情が大きく左右していると思う。筆者は努めて冷静な姿勢で解決の「非」は非として批判し、彷徨わない日本史を読者に届けたい。

幕末から明治維新については、作品材料が多すぎてどの部分が正論なのか俗説なのかわからない。筆者の浅学、管見が災いしていることは認めるが、葉隠精神満載の佐賀賢人たちの一部に得心致しがたいところを確認しておきたい。

江藤新平の末期行動についての書かれようは江藤自身の説を堂々と述べる為に、自ら定めた裁判を公正に受けるべく逃走をしたような、江藤擁護論者の強い反論が聞こえそうであるが、筆者はそれでもこの二人の行動には得心出来かねる。

テレビで高名な「今でしょ先生」の林修(はやしおさむ)氏が明治維新の人物で最も好きな人に江藤新平の名を挙げていたが、江藤新平は幕末から明治維新の有能な志士であったかもしれないし、「人権の父」と呼ばれ人権擁護思想の法制と裁判を決めた初代司法卿ではある。江藤は若くして十代藩主鍋島閑叟にその才覚を認められ、可愛がられた有能な書生ではあったが、政治家ではなかったような気がする。江藤新平数え年四一歳、初代司法卿最期の言葉を披露しよう。

「ただ皇天后土(こうてんごうど)(天の神、地の神)の我が志　知る　あるのみ」と三度高唱したとある。神は真実を知っていると言いたいのであろう。信念高き佐賀の士族、いずれどこかで命を落とす運命であったものとみる。

その処刑を強引に進めたといわれている大久保利通も暴漢に襲われ落命した。明治維新とは多数の命を肥やしにして成功した、日本国の一大改革であろうことをきちんと理解しよう。どちらにあっても、明治維新は日本の歴史の中でこれまでも、これからも大きく扱われていく歴史上の必然である。

ここまでは幕末から明治維新における佐賀藩鍋島藩士の行動を読者の皆さんと認識の共有ができたから本論に繋げたい。君主と禄を失った士族たちの暴動であった佐賀の叛乱だが、士族と呼ばれた昔の武士たちも悲喜こもごもである。歴史上、明治政府の転覆を企てた元藩士の乱ということである。林修氏が如何に褒めようとそれ以上の評価をここでは出来ない。

☆豆知識をひとつ

もと武士の子孫だから明治に士族とは限らない。筆者の立場は完全な平民であったから疑問の余地はないが、なかには、うちの家柄は元来は侍であったという話を聞くことがあるが、それはそれでよい話。幕藩体制が崩壊し明治政府になった。幕末にあって「武士の身分」であったならば一般的に「士族の身分」となれるが、過去に於いて武士であったとしても、明治政府の版籍奉還（一八六九）や廃刀令（一八七六）が発布された時に武士の身分でなければ、士族と評価されず平民の扱いである。

それが例え藩主の御先祖を持つ身であってもやはり「平民」の扱いにしかならない。その先の仕事は軍人か、教員又は公務員。案外、文筆業という職業が多かったようである。三民の長たる儒学の教養が武士の面子を創り、商人とか農民に直行できる「元武士」たちは少なかったものと想像する。もっとも元藩主は農民になっても大地主であるから、自分で農地を耕すことはないであろう。一般の武士であった者はその儘、家族の居候となり、不満足な終焉になった「自称賢人」もいたことを知っておかねばならない。昭和・平成から「令和」の変遷でこんな空気があるかどうか筆者は予測しないが、読者も筆者も出来れば避けて通りたい。

第三節　『葉隠』の作者たち　口述者山本常朝、筆録者田代陣基

時代の流れを大きく眺めてみよう。日本歴史学では近世時代とは安土桃山、江戸時代を指し室町幕府滅亡から明治維新に至る前をいい、それ以降の近代、現代と区別するの

が一般的である（テーマによってはこの区別以外の区分の仕方もある）。

本書の区分も明治維新で仕切りたいが、主題が「葉隠武士道」であるために江戸、明治、大正そして昭和を俯瞰跨ぎにさせてしまう。それくらいに、山本常朝の『葉隠』一三五〇項は日本国と日本人に密かにではあるが、確かな影響を与えてきた。そしていま「令和」の世代にも如何なる模様になるか筆者にも全くわからない。『葉隠』とは何とも不思議な一冊である。

●山本常朝

万治二年～亨保四年（一六五九～一七一九）『葉隠』の口述者。江戸時代の佐賀藩士。常朝、四二歳で出家、出家前の読名は常朝。山本甚右衛門、父七〇歳の時次男として生まれる。

生来、ひ弱な様子で二〇歳まで生きられないであろうといわれていたと『葉隠』・聞書第二節の末に自らの口述で詳しく書かれている。

佐賀藩二代目藩主鍋島光茂の小僧衆として九歳で登城する。一四歳の時、稚児小姓となる。

湛然和尚から仏道を学び、鍋島藩学者石田一鼎から神・仏・儒学学を極めたとある。

四二歳の時「御書役」に任命される。とにかく大変な博識の君主側用人であった事は間違いない。

常朝の大願は二代藩主の光茂の加判家老の役であった。加判家老とは戦国時代から見られる役職で重鎮職であるが、定席家老ではない。佐賀藩では連判家老に次ぐ立場であった。常朝は藩主の上意執行担当側近といった役職を目指していたが、運なく叶わず。武闘派の武士でなく、内勤事務担当である。従って実戦の経験は全くない。つまるところ、本人とすれば大変、不本意な結末に終わった。

筆者がここまで詳しく山本常朝の経歴を読者に紹介し記すのは、この履歴の背景には『葉隠』を解釈する上において大きな要素となるために書き入れた。有名な箇所である。新渡戸稲造をして日本人の魂と言わしめ、世界に紹介され「武士道と云うは死ぬことと見付けたり」の一文が、今日まで語り継がれる名文の作者の人物像を知りおく必要がある。読者は常朝が『葉隠』の口述のときは、現役の佐賀藩士ではなく出家してから、仏職の身であったことをしっかり知りおかねばならない。

●田代陣基（たしろつらもと）

延宝六年（一六七八～一七四八）『葉隠』の筆録者。江戸時代の佐賀藩士。「葉隠の四哲」のひとりと言われる。元禄九年（一六九六）一九歳のとき鍋島三代藩主鍋島綱茂四代吉茂のもとで祐筆役となり、宝永六年（一七〇九）にお役御免となる。

宝永七年（一七一〇）常朝の庵を訪れ、同じく失意の中にあった常朝と語らいあい常朝の言葉の口述記録の相方を務める。七年後の享保元年（一七一六）に『葉隠』として完成させる。『葉隠』筆録開始時には常朝と同様にして、退役の身であったことを覚えておいて欲しい。しかし常朝と陣基のいずれも現役の武士でなかったことは、『葉隠』の解釈に当たって重要なことではあるが、文献価値や評価に齟齬が生まれるものではない。現役の身分では書けない内容のところもある。もっとも、陣基はその後、五〇歳のときに、五代藩主宗茂の祐筆として復職している。

★『葉隠』はこの二人によって一七一六年頃書かれたという説が多い。常朝・陣基の庵での口述による「夜陰之閑談」はふたりで七年かけて書き上げた最初の一節という項である。

詳細をいえば、聞書第一、聞書第二は常朝と陣基の作品であろうが、その内容から見ると、聞書三～聞書一一は、その後、陣基が常朝の口述内容を確認した作業であり、常朝の死後一〇年あたりに完成したということは『葉隠』研究で確認されている。しかしその陣基の一〇年作業で確認した箇所については、知れば余計に混迷するから、例によって流し読みで良い。付け加えるが陣基の自筆本は存在しない。ここでの注意点は、口述後の確認に十年かけているということであろう。常朝の発言内容について、『葉隠』に登場した案件を正確に記録すべく、確認作業をしたことである。ならば常朝の口述内容の前後の関連性にも、留意していたらと思ってしまう。もし陣基にこの作業があったならば、我らのような初心者でもその理解は更に進んでいよう。

『葉隠』は佐賀鍋島一族にとっては、世評に耐えられるだけの内容にする必要があったのであろう。言い換えればこのふたりの「夜陰の閑談」は七年もかけて仕上げているということは判然としない口述部分があったということである。この事実をもって『葉隠』の価値の上下は全くないが、巷間語られる「葉隠哲学本」という評論にはかなり遠い印象であるがどんなものであろう。読者の意見を聴いてみたい。

そしてこの『葉隠』武士道を世界に紹介したのは新渡戸稲造であり、その意味において山本・田代・新渡戸、この三人が存在しなかったら、日本で、『葉隠』が今日まで語り続けられる古典籍として残ってはいない。

★常朝の『葉隠』は何度も校補させている。枝吉神陽の「日本一君論」の影響もあるが、閑叟の指示のもとに「葉隠研究会」や「会読会」を拡大させるため、写本の励行がされた。その時と場合によって部分的な必要箇所のみを取り出し更に写本の写本も存在して、全一一巻揃えた完本約二〇種、端本が約四〇種（菅野覚明・講談社学術文庫）あり、確認されている。

当然であるが、これだけ写本の機会があれば書き手の意見も入りこみ、詳細に於いて常朝の意とする『葉隠』や武士道の姿で今日に伝わっているか、それはわからないが、本書ではそこは我らの学習の過程には全く影響はない。読者と筆者が確認しながら知り置くべきところは、後世の学者がどのように自流で解釈して日本史のなかで彷徨わせてきたかを確認するかということである。

第四節　『葉隠』学習の実践（『葉隠』・菅野覚明・講談社学術文庫）

まず山本常朝と田代陣基の感激の出会いを示す連句を読者に紹介しておかねばならない。ここでの一句は省略するところではないから原文をそのまゝに引用しておきたい。

宝永七年三月五日　初而(はじめて)参會（常朝、陣基の初出会）

浮世から何里あろうか　山桜　古丸（常朝）

〈現代語訳〉

ようこそ、この忘れ去られたような私のところへおいでになった

白雲や唯今(ただ)　花に尋合(たずねあい)　期酔（陣基）

〈現代語訳〉

念願の常朝様にお目通り叶いました

葉隠〈上〉巻　講談社学術文庫　菅野覚明著（一六頁）より。

次に我々は『葉隠』という語義は何処から来たかを知らねばならない。定説という固定されたものはないが、らしき説を紹介しておく。他に宜しき情報を持たれた読者は今回の筆者の例示に拘ることはない。

今、ここで紹介した常朝と陣基の出会いの句の応答句の中にヒントがあると言う説も

あるが、ここでは王道の解釈をとる。『池田史郎著作集』（出門堂）から読みとろう。

聞書第一一の文中。

「すべて人の為になるには、我が仕事と知られざる様に主君には陰の奉公が真なり。その返報これあるときは志感じ、斯様に心得候て仇を恩にて報じ、陰徳を心がけ陽報を存ずまじきなり」。

筆者が文意を付けよう。

すなわち、「主君に対する奉公とは、これ見よがしに我がなせることと手柄とせず常に、主君の胸の内を推察し、褒美も期待せず、売名行為的所作はいけない。陰徳を心がけ、さりげなく処理することが実の奉公であると思うことだ」。この文中の「陰の奉公」から『葉隠』的思考が完成してきた。池田史郎説をくみ取れば『葉隠』の題名は常朝と陣基の出会いと夜陰の閑談の開始と同時に付けられた題名ではなく、陣基が常朝の心のうちを解して、『葉隠』・『夜陰の閑談』なる用語も完成の間近になってから、陣基がつけた題名ではないかと素人解釈をしている。

読者のみなさんはこの大胆と独断ともいうべき、筆者の浅学に付いてきていただきたい。

『葉隠』は常朝の照れ隠し文書であって、寧ろ、常朝は腹の内や心に溜まりたまった存念をより多くの人に聞かせたかったのではと筆者は邪推をする。

＊「夜陰の閑談」

『葉隠』の入り口は「序論」とこの「夜陰の閑談」からはじまる。

重要な一文だからここから入る。ここが『葉隠』解釈の一丁目である。

序論（本書一六頁に原文紹介済）

〔現代語訳〕

「この聞書全十一巻はただちに燃やしてしまわねばならない。その内容は、今の世の中への批評、武士たちの善し悪しについて、推量や世間の噂のたぐいであって、（中略）他の人が見るようなことになれば、行く行くはひとの恨みを買ったり、好ましくない事態（処罰・喧嘩など）を招くかもしれないから、必ず燃やすようにということ（略）。」

これが葉隠文書の冒頭の一文に対する現代語の訳である。

ここで解釈上の大きな問題がある。

分かり易い問題点を揃えていくことにする。

問題点①

先に解説したようにこの『葉隠』文書は今日まで何通りもの写本が存在する。ところがここでは一般の人に見られたら誤解を招く恐れがあるから、直ちに焼却しておくようにと常朝は筆禄者の陣基に幾度も言い聞かせたとある。陣基が書いた直筆は存在しない。ところが写本は幾らでもある。「追って火中　すべし」の遺言を誰が無視をして書き残したか。

たとえば陣基は、「現物直本は言い付け通り燃やしたが、私（陣基）がその前に写本をしておきました。だから問題はないでしょう、常朝さま」ということであろうか。それはあまりに、屁理屈であろう。

問題点②

藩主鍋島閑叟の指示のもと『葉隠』会読会が佐賀藩をあげて、至る所で開かれ、且つ、大いに写本をして学ぶようにと幕末期に藩内に号令を出している。

問題点③

序文「追って火中　すべし」としながらも、常朝作品『葉隠』は火中にされずに、頻繁に写本にされている事実。閑叟が「葉隠会読会」写本を励行したことは幕末に近い話であり、これは事実であるからよいが、この序文総論に当たる「夜陰の閑談」の文頭の決意の文言である「追って火中　すべし」が誰によって何時から反故にされたのは何故か。この三つの疑問について色々な解釈がされている。

〔解説〕

問題点①「追って火中　すべし」の解釈は講談社学術文庫本によれば「ただちに燃やせ」と捉えている。しかしながら

㋑「追って」とは「ただちに」とは解釈せず、「用が足りたときには燃やせ」と、釈する学者もいる。

㋺さらには上位の立場のひとがした下知なれば、「その人が指示した時まで待ち、再び指示があればその時、即座に燃やせ」とする例もある。これは一理ありの解釈であると思う。「追って……せよ」とは身分の低い者が上位のひとにいう物言いではない。

㋩さらには「物書役は用済みの文書は焼却する決まりであった」から形式的に常朝は陣基に言い渡しただけで、焼却するか否かは問題ではない。

㋥もうひとつ加えてみる。

「書き終わったらすぐに燃やしても困らないぐらい理解せよ」の意味で燃やしてはいな

い。七年もかけて常朝と陣基は「夜陰の閑談」でふたりきりで話し合った作品であるからそれくらい暗記せよとの激励と解釈。従って陣基は常朝亡きあと一〇年くらい口述の中味の検証をしていたという見立てもあるくらいである。解釈は学者の自由である。筆者は研究者ではあっても学者ではない。仕方がないから、国立国語研究所にレファレンスの依頼をして解答を頂戴した、断定はできないが㋺の解釈が正当と思うにいたった。なお、「火中にせよ」と指示したのは常朝が連基に指示したという説と陣基が写本する者に指示したという二説があるが筆者は常朝が陣基に対して「火中にせよ」と指示したとの立場に立って解説する。

筆者もそれに沿うて一歩前に出るが、ここで「火中にせよ」とは、実は常朝の自慢話を陣基に「我が意とするところを広めよ」が常朝の本意であり、自慢の話が満載である。この点については『葉隠』、その出だしから逆説の書と言える。自己陶酔と自慢の書ではないかとしばしば思い当る箇所がある。筆者は巷間言われる「逆説の書」ではなく「中道選択の書」又は「処世術心得の書」とみているが、そこを読者には逐次紹介をする。

問題点①の解答が得られたら問題点②は解決する。

問題点③については先行学者の説明には得心出来かねるところが多い。

閑叟は筆録者陣基の原本があっても、なくても勉強会の励行には差し支える問題ない。常朝の言わんとする『葉隠』精神が学習できる文書であれば、陣基の自筆本であろうと、全部又は一部の写本であろうとそれでよい。また端本の写本があっても、これも担当教官が教えやすいように書き変えたり、自論をもって補足しても、『葉隠』の基本が同じであれば良いと言う判断もできよう。しかし、裏の意を読めば『葉隠』の文中で常朝が意とするところを陣基が万機にさらすべしと思えば、それも良し。その意を広め、不要と思えばそれもよしという虫のよい常朝の照れ隠しと見る。

しかし筆者が底本とする菅野覚明著『葉隠』下巻（講談社学術文庫）の最後六九六頁に重要な一文があるから読者と共に考察したい。まず菅野覚明の一文をそのまま、引用する。

「冒頭（序文）に「追って　火中すべし」の語を持つ『葉隠』は一九世紀、中頃になって会読会などで読まれるようになる以前は、心ある者にのみ閲覧や書写を許すという形でごく限られた範囲で流布した。」とある。『葉隠』の最後下巻の総評とも言うべきところにきて「追って火中　すべし」の決意表明はどこかに消えてしまい「心ある者」は写本を許す。

この判断は常朝か陣基かそれとももっと上位の監理者の差配か判然としない。大隈重信や古賀穀堂が下した『葉隠』は「奇異なる書」。他言すべき内容ではないという判断は、何処に行ったか。初心者の筆者はどのように解釈すべきかわからない。所詮、「『葉隠』夜陰の閑談」は大見栄をきった隠居世捨て人、常朝の大上段に構え過ぎた地方版精神論のひとつであったのか。「追って火中　すべし」の一言は意味なしの挨拶語のひとつでしかなかったのであろうか。常朝と陣基で合計一七年の歳月をかけた力作は誰かのひとことで大きく方針を変えている。今日ある『葉隠』は常朝の作品か陣基加筆修正による作品か断定はできない。『葉隠』は孤独の書になって、一部の先行学者の生涯学習の一部になってしまっているのか。得心出来る解説はない。読者の御意見を伺いたい。

〔結論〕

佐賀県立図書館にて多数の写本や『葉隠』関連資料を見聞した。レファレンス担当者は、筆者の質問に全く疑うことのない史料と解答を揃えてくれていた。全て同じという写本は全くない。言わんとするところは大きく違わないが、三〇〇年以上の歴史を経過した今日に於いて、どれが常朝の真意を伝える正しい写本かは全く分からない。誰もが常朝・陣基の両名に確認することはできない。読者の判断に任せよう。巻頭の「総論」

文で、これだけの手間がかかるのが『葉隠』の本質であり、正体であることを我々は学習することができた。

　ここでは解釈のほんの一部を紹介したが、『葉隠』は常朝と陣基の手を離れ幕末を過ぎ、明治・大正・昭和にかけて大きく華（はな）を咲かすことになっていく。

　大切なことは『葉隠』作者の常朝の予想をした『葉隠』の花（はな）に咲いたのか、それとも予想もしなかった姿になって行ったのか。常朝は多くの古文書と同じように、後世に於いて、二、三世紀後の日本人が『葉隠』の文書を中心に国家が動くことを、予想して書いていたわけではない。歴史に学ぶは、後世の民族の活性に役立つように学ぶことである。我々はそこを冷静に、しっかりと見極めないといけない。しかし、結果論からみれば山本常朝作の『葉隠』は「皇国日本」という大山を動かした。その変化の様子を次の第二章で詳しく紹介して、明治維新と大日本帝国の「富国強兵」政策が日清・日露戦争の勝利の波に乗って、如何ように変身してきたかを学習するとしよう。

第二章　明治維新　日本民族の思想史、哲学『葉隠』姿を変える『葉隠』のゆくえ

第一節「葉隠武士道」とは哲学か

「武士道と云うは死ぬことと見付けたり」。この一句はすでに、第一章で紹介した。余りにも有名な一文である。筆者が既に解説してきた時代的な背景は概ね理解できたのではないかと勝手な確信を持っている。さらに今後も引用しなければならないから読者も慣れて欲しい。

『葉隠』についての解釈は数えきれないほどある。然し、どれも難しい書きようである。そこは筆者も予(かね)てから疑問であったが、先行学者のその理由はわからない。その疑問は追って本書で理解されていくことになるだろう。

ここからは「武士道と云うは死ぬことと見付けたり」の「武士道」についてその大要

を解説してみる。そこで武士道論の歴史とその流れを見ていきたい。

＊江戸時代の武士道学には大きく捉えて「武士道と士道」ということを対比した学術的な見識がある。

武士道には武士が生き残るための知恵と生き様の歴史があった。これはその時代の武族、士族が行動した事実が語り継がれ、積み重ねられた歴史であってそれを「哲学」という一言だけの目線では、嘆息でありうまくは語れない。

◉武士道の解説

その一

源頼朝が朝廷（天皇）より武家の棟梁として国の統治権を認められ、征夷大将軍として鎌倉に幕府（政治行政の執行場所）を置いた。そこに地方や近隣の武将・部族が集合して、源頼朝と「信頼」を基本として、領地・領民の安堵の代わりに自らの「武技と命」を供ずることを誓ったことより始まる、ある種の契約関係である。従ってその契約内容と事実が異なれば、どちらかの一方から離縁することは日常であった。武士が権力と関係していくのは院、御所、天皇を警備する北面、西面の武士がそれまでの武力だけではなく、知恵と知性を身に付けたことより始まる。

その二

「武士道」という言葉の語源は、一般的には甲斐武田一族の「『甲陽軍鑑（甲州法度）二十巻』」にある。この書本より以前の文献の記述もあるが、ここではこれが「武士道」の初出としておく。それまでの天皇や公家公達による政治が「君臨はすれども統治せず」のやんごとなき御姿に徹した。武家政権の発生に関する説明はこれでよい。

その三

武士道の経緯をみる。

＊武家政権の時代とは源頼朝により文治元年（一一八五）鎌倉幕府を開設することより始まる。頼朝亡き後、頼朝の妻、北条政子（伊豆桓武平氏）とその縁戚による執権という立場が執政・祀りごとを統率し、幕政を継続する。次に武家政権を手中にしたのは足利一族（河内源氏）である。

＊足利尊氏により延元元年（一三三六）から権力は室町幕府に移りゆく。この政権も不安定であった。「南北朝時代」とか「応仁の乱」とかの名称で語られる戦国時代の歴史がある。近年、出版界では「応仁の乱」関連書籍がブームのように喧伝されているが、

学術としては大きな流れではない。歴史学というよりも軍記物であろう。本書や筆者の担当する読者とは、寄って立つところの違うものと見たい。話が反れてしまったから戻そう。

室町幕府は一五代将軍足利義昭（あしかがよしあき）にて終わる。足利政権は武士政権というも、武士による貴族風の政権であった。ひとつの政権がどんなに歴代苦労しても一五代になれば最適な人材の確保は中々なことであろう。

意外に知られていないのは、足利一族も二三七年間、累々、十五代（一三三六〜一五七三）であり、徳川幕府も徳川慶喜を最後にして二六五年間の十五代の終焉を迎えた。俗に徳川三百年と言いたがるが、足利二三七年を口にする紹介は少ない。末路はどちらも同じだが、徳川慶喜は権力に執着する姿勢は少なかった。一方の足利義昭は織田信長の迫力に恐れ戦（おのの）きながらも、あちこちに声掛けをして、未練がましい行動の歴史としてしか日本史は描いていない。これは足利一族の武家政権は今後も続くという義昭の我田引水的迷路に原因をみる。徳川幕府最後の将軍であった慶喜は船来の写真に姿を残すくらいだから時流は読めていた。

＊室町幕府の足利一族は征夷大将軍を朝廷より拝命していた。室町幕府のあとの武家政

権の後継者は織田信長（伊勢桓武平氏）である。もとは尾張の守護大名。信長は「天皇」すら、自らの指揮下に置こうかと思うぐらい、天涯夢想の武将であった。信長は天皇からの征夷大将軍のお沙汰を拒否して見識の違いを見せた。残された文献によれば信長の視線は国内だけによらず、遥か南方のルソン（フィリピン）、安南（ベトナム）、カンボジアを見つめており、東アジアは我が手のうちにするという見立てなどは足利義昭の眼中には存在しない見識であった。それでも、その信長も人心を読めず明智光秀の謀反により本能寺の火中に沈んだ。

＊織田信長亡きあとは、知恵者の豊臣秀吉（藤原源氏というも異論多数有）が登場する。出自は色々あるも、筆者は敢えて触れず通過する。何れの文献も秀吉の完全なる出自を示していないし、武士の血統にあらざるとの文書もある。それ以上語れる根拠がないからその一件はここで止めておくことにする。

　織田信長・豊臣秀吉の二人は武士の棟梁とされる征夷大将軍の勅命を受けていない。従って、「幕府」という執政を特定する場所はない。秀吉には太閤・関白・摂政という位の名称もあったが、日本史学としては純然たる武士の棟梁ではないし、源氏・平氏の背景が見えないことを、秀吉自身が自覚していたのではないか。この点については異論があろう。それはさておき、前に進もう。

織田信長・豊臣秀吉の時代を織豊（しょくほう）時代という用語でまとめる。室町から織豊の時代を一般的には別名として「戦国・下剋上」の時代といい、武士は自らの領地と領民は基本的に自分の武力と命によって守り抜くという、確信のもとに生き延びた集団であることを押さえて、あとは流し読みでよい。この戦国時代に武士道という概念と生き残りの武士の手法を成文化したものが「武士道」であり、それは戦国の時代を勝ち残った「勝者の歴史」である。

＊最後の武家政権

天下分け目の関ケ原の合戦に勝利した東軍の総大将徳川家康（とくがわいえやす）（新田源氏（にったげんじ））は朝廷より、武士の棟梁である征夷大将軍の称号を拝命した。ここに、注意書を入れよう。巷間、語られる武家政権の源氏と平氏の交代説は明解な俗説であることは、知っておかれたい。本来、征夷大将軍は清和源氏の代々職とされているものである。

徳川幕府も三代将軍家光あたりまでは、世間はまだ豊臣恩顧の大名や残党の謀反、叛乱に疑心暗鬼で泰平の治世とはいえなかった。五代将軍綱吉の「華の元禄時代（一六八八～一七〇四）」といわれた頃には天下泰平で武士の値打ちも武力で決められず、「筆とそろばん」が求められ、役職は武官よりも文官の時代に世相は移りゆく。「農・工・商」の町民の身分は変わらないが、経済情勢は大きく変わった。特に農民の稲作技術が安定し、年貢米以外にも自主流通米の生産を認められたことが最大の焦点である。これは戦がなくなり、農民が足軽・雑兵として武器を持つこともなかった。

ここでは俗文化（町民文化）が多義に別れて余裕を見せる。その時代の代表は歌舞伎、浄瑠璃、浮世草子ではないか。武士は三民の長というも、筆とそろばんの時代を嘆き、世相はどうであれ、我が「佐賀藩・鍋島一族」は世間の風潮に流される様な軟弱な武士であってはいけない。武士の姿はかくあるべしとして二代藩主鍋島光茂の側近、常朝が、山鹿素行（やまがそこう）などが唱えた儒学・朱子学は「上方の思い上がった武士道」と、文中において完璧に切り捨てている。『葉隠』は世相に対する反骨の書であることは明確に認められる。

◉まとめよう

武士道はこの世において文献として残る、残らないは別にして、この世に自他ともに認める「武士」と言う職業人の存在が確認できた時より、日本の歴史の中にはしっかりと根付いた、「武士（もののふ）」たちの生き様と歴史であり、哲学ではない。後世の学者が自分の知識で解釈を為しきれないから、常朝『葉隠』を哲学といい、三島由紀夫の行動を天賦の才人、割腹自決と評論したことによるものではないかと思う。人間の誰もが辿り着けない終焉（しゅうえん）の境地に触れ、「命」を語ることで周辺の知恵者は「哲学」と称え、書き残して去りゆくがその先には誰も責任を持たない。

常朝も陣基も後世の「日本国」と「日本民族」に大きな影響を与えようとして、七年間もかけて一三五〇項を認（したた）めたわけではないだろう。さらに常朝は日清・日露の合戦を予想して武士道を示したわけではない。後世において、明治から平成にかけての「賢人」と言われる人たちが良かれと思い「サムライジャパン」の呼称をつけて喜んで註釈したに過ぎないのではないか。そこは批判を恐れずに読者と共に先行学者に問いたい。

ここまでは、「武士道のいわれと出自」、そしてその時代の為政者の経緯をみた。次に進めよう。

★別の角度からみる「武士道」と「士道」の違い

武士道の文字を分解してみる（武士道と士道のいずれが是非かを問うものではない）。

・「武道」①もののふ。②とどめる。③たけだけしい。④乱をとめる。
道とはこれらのことを極める者。

・「士道」①ことを処理する才能のある者②役人③支配者のなかで最下級の者④立派なひと。
道とはこれらのことを極める者（以上漢語林による）。

つまるところ「武業」と「士業」の両方を極め備えた人間を評価した武士は斯くあるべきであろうという理想像であり、期待である。従って、その求められる時代と生きた社会の背景によって、姿と役割が違ってくる。但し、外見上は武士であり、三民の長として「武」の姿も「士」の姿も求められる。

武士道論は戦国時代の「甲陽軍鑑」以後も多数の儒学者の文献、注釈書があるが、『葉隠』と対峙して解説しやすく、読者にとって分かり易い江戸時代の代表的なものを紹介する。そこで「武士道」と「士道」を語る先行学者の文献からより分けて、山鹿素行（一六二二）・山本常朝（一六五九）・大道寺友山（一六三九）らの著作を対比して考察しよう。

この三人は年次順の紹介であり、読者は時代の経過と思考の微妙な変遷を読み取られたい。一見は単なる人物紹介のような解説になるが、武士道を解釈するには重要な箇所であるから、全体は流し読みでよいが、三人の主義主張の違いを読者はきちんと理解しておかれたい。

○山鹿素行（士道論者）林羅山の門弟、兵法家。『山鹿語類巻十五』寛文三年（一六六三）国書刊行会素行会編集。

〈現代語訳〉山鹿素行の文献『山鹿語類』より。

「死にはそれぞれ『義』がある。義を守らないでただむやみに死ぬのは、勇とは言えようが、義ということはできない（中略）死をとげたのであるから勇があったのだと言えても、死すべき時にこそ死ぬと言う義を明らかにしなければ、真の勇とは言えない。」目的の分からない死は誰にも理解されずに無意味であり、無価値な死に方である。仁・義・礼・智・信の教えであり、これは山鹿素行が儒学者であったための価値観である。

○山本常朝（武士道論者）藩主光茂の側用人「葉隠」祐筆、什物書物奉行『葉隠』聞書第一（その一一四）

〈現代語訳〉常朝の文献『葉隠』より。

「正気では大仕事はできない。気違いになって死にもの狂いで行動するまでだ。また、武士道に於いて分別心が生じてしまうと、すでに他人に後れを問うことになる。忠も孝も、最初は必要ない。武士道には、死にもの狂いだけがある。このうちにこそ忠と孝は自然に宿ってこよう。」これは『葉隠』の神髄である、武士はまず遮二無二行動を起こすべしと言うことの一文である。結果の後先を考えることなく、まず「命を賭けた行動をとるべし。」

『葉隠』には四つの祈願がある。それを見よう。文字（もんじ）は分かり易い。

一、武士道に置いておくれとり申すまじき事。

一、主君の御用に立つべき事。

一、親に孝行仕るべき事。

一、大慈悲（心の広い対応）を起こし人の為になるべき事。

『葉隠』の全文がここに辿り着くと言われているが、筆者は大きく疑問が残る。それは筆者も読者も現代人の感性で解読する為に全編、全箇所に於いて得心出来ることは難題であろうが、そこについては後節に於いて順次解説したい。

○大道寺友山（士道論者）　兵法家『武道初心集』（吉田豊訳　徳間書店）山鹿素行の弟子

〈現代語訳〉大道寺雄山の著書『武道初心集』より。

その一

「つねに死を思い、生をまっとうする。」

「武士という者は、一月一日の朝、雑煮の餅を食べて正月を祝おうと箸を取るその日のはじめの日から、十二月の大晦日の夜に至る迄、毎日毎夜、死を思い、死を常に心に当てることをもって、心掛けの第一とする（中略）常に死を覚悟居りさえすれば、忠孝二つの道をもはずさず、様々な危険や災難にも拘らず、健康のうちに長く寿命を保ち、更には人格までも立派になるなど多くの利益があるものである。」さらに一文を続ける。

その一五

「武士は死に際が大切」

「およそ武士として、身分の高下にかかわらず、第一に心がけておかねばならぬことは、その身果てるとき、一命を終えるときのことである。

日ごろどんなに立派な口をきき、賢くみえていた者であっても、今はこれまでというときになって前後不覚に取り乱し、見苦しい最期をとげるようであっては、それまでの善行もすべて水の泡となり、心ある人の軽蔑を招くこととともなって、まことに恥ずかしいしだいである。」

『葉隠』に近い文意であり時代が幕末に近い。翻訳者の吉田豊の感性もあるが、原文そのものと時代の流れを感じる。文官時代の「武士のお題目理想論」といったようにも見える。

★武士道学者、三様に対する筆者の論評

同世代に生きたこの三者の、武士道に対するその時代のそれなりの考えといざという時の心構えを三様に並べた。読者の下知識を確認しておきたい。

最初に紹介した山鹿素行と最後の大道寺雄山は儒学の影響を受けた兵法学者である。三者はいずれも既に、徳川幕藩体制下での武家生活を経験しながらの境地であることを共通認識としておく。つまりそれなりに、世を凌ぐ処方を身に付け実生活をしている一角（ひとかど）の有識人物である。

＊山鹿素行の活躍舞台は林羅山に儒学を学び、それでいて羅山に靡（なび）くことなく幕藩体制の朱子学を否定した。会津藩主保科正之（ほしなまさゆき）から叱責をうけ江戸追放をされる。当時の朱子学は幕府の官房学であり、徳川幕藩体制を否定する自説を唱え譲らなかったため、主君を持たない兵法学者となったが、各藩からその才能を買われ、藩校の講師として禄を持って赤穂藩や平戸藩に雇われた。山鹿流の砲術も往時の最新学として重宝された。なお更に士道論に関心のある読者は、山鹿素行の『中朝事実（ちゅうちょうじじつ）』を薦めたい。ここで文中に「中朝」とは「日本」と日本の「朝廷・天皇」を著す。また武士は三民（農・工・商）の長としてその身分にふさわしい外形・教養・振舞い・知識を求める。

＊山本常朝の前に大道寺雄山をみる。三人の中ではもっとも遅い出自である。山鹿素行に儒学を学ぶ。また甲州流兵学を学び兵法学者として身を立てる。安芸浅野藩、会津藩、福井越前藩で軍学を講じる。徳川幕藩体制下の時代にすでに武士道を語りそれを生きる業としている。師匠の素行ほどの名を残していないが、具体的な論調でわかり易い。

＊山本常朝　『葉隠』の口述者　二代藩主鍋島光茂の側近として活躍。光茂の死後、退官し仏門に身をおく。

庵にて「夜陰の閑談」をする。閑談の相手は常朝同様退官後、三代藩主鍋島綱茂、四代藩主吉茂に祐筆として仕え、後にお役御免になった田代陣基を筆録者にして閑談を七年間継続した。そして著名な『葉隠』を残す。

『葉隠』本は「追って火中　すべし」としながらも、繰り返しの写本で「鍋島会読会」の「葉隠教本」となる。儒学・朱子学を基本にする徳川幕府を批判するがごとく儒学の士道論を「上方風の思い上がった武士道」と痛烈に批判している。

それもあってか鍋島藩校の弘道館では教本とされず、寧ろその内容のあり方に、教本とするべきでないとの意見が多数。弘道館は開設以来、「四書五経」孔子・孟子の儒学の指導所として開設した為、教授の古賀穀堂あたりは藩校の弘道館教本として採用することに大きく反対した。大隈重信も自書の『大隈伯昔日譚』の中で余り良い評価をしていない。この大隈伯の一言については、大隈重信の日記であるからそれなりの信憑性はあろうが、却って大物過ぎて後世において、外聞を意識したものかもしれない。筆者は原文を入手しており、その範囲では筆者の邪な見識よりも、「若き日の大隈重信談」として紹介しよう。

（前略）「その窮屈（佐賀藩校の方針）に加味するに、佐賀藩特有の国是ともいうべき一種の武士道を以てしたり。所謂、一種の（佐賀藩の）武士道とは、今より凡そ二百年前に作りたる、実に奇異なるものにして、（中略）その書名を『葉蔭』と称す。（中略）この奇異なる書は一藩の士の悉く遵奉せざるべからざるものとして、実に神聖侵すべからざる経典なりき。」とある。文意は文字そのままであり解釈は省く。これは『葉隠』作成二〇〇年後の明治の元勲大隈重信の日記談であることを忘れずに解釈されたい。

その前にここで筆者は『葉隠』の文脈の解釈をするうえにおいて、重要な視点を示すべきであった。『葉隠』という書物は初期に於いては上級武士に対する期待を含めた訓示・薫陶であったが幕末の「会読会」の頃には、身分の上下を問わない状態であり、それが藩主鍋島閑叟の藩士育成の方針でもあった。『葉隠』が哲学書と言われる論調も少なくないが、哲学書というよりは「心身・胆力」強化の万能たる指導書というべき内容であろう。筆者は「葉隠教本」からは幸福を探索する書というイメージを抱けない。先行学者は文中に右と左の極論を示し、それを解釈困難で「哲学書」と評価している傾向にある。こんな哲学書は不吉で不要なものであろう。直情・短慮を助長するかもしれないという漠とした不安が残る。洞察力を欠いては歴史は読めない。

「閑談」とは冷静な会談であり、互いに激高したものではないことを知っておかねば、短絡的な解釈に走ってしまう。全て承知の上での会談である。放言、言い過ぎがあれば陣基が調整もしよう。

『葉隠』は仕上がりまで七年間あり、さらに調整に十年くらいの期間を費やしている。陣基が常朝を訪ねて感動している様子が聞書二の最後の一句にあるがここで紹介しておきたい。なお「夜陰の閑談」という総論の名づけは陣基によるものと言うのが定説である。中にはその一部に於いては陣基の思想、思惑が書き込められているのではという見方もある。

七年あれば夜陰の閑談の中身に合理性がなくなることもあり得る。七年の経緯について、初代藩主勝茂の子が複数藩内に鍋島支藩などとして存在し、そこに鍋島本家の士族規範の徹底に時間を要したような理由を挙げる一説もあるが、二代目藩主鍋島光茂の藩主承継理由の合意が取れずと言うことが事実であるとするならば、これも釈然としない。その勝茂家系の子息たちが、常朝が語る『葉隠』文中の説明で得心出来ようか。筆者には想像できない。

次の連句は『葉隠』聞書の第一、第二の終了巻末にあるもので、ここまでが両者の閑談の中心であるというのが通説とされている。

手ごなしの粥に極めよ冬籠り　　期酔（陣基）
〈現代語訳・解釈〉自由気ままに作った粥の味に山家の冬籠りの風情を味わいつくしてください

朝皃の枯蔓燃る　庵かな　　古丸（常朝）
〈現代語訳・解釈〉（その風情は）粥を炊く庵の景色というところでしょうね

葉隠〈上〉巻　講談社学術文庫　菅野覚明著（四六八頁）より。

ここでの両者の一句が感極まって、どんな気持ちを伝えているのかが、浅学の筆者には中々にして充分にはわからない。読者に紹介をしても両者の心底を解析できないところはお詫び申し上げたい。

本説の最後の連句が筆者にとって難解すぎたため、言い訳がてら少し横道にそれる。

☆ここで一休みして豆知識をひとつ。

『井原西鶴集』第二巻「本朝二十不孝」（日本古典文学全集　小学館）より。

石川五右衛門物語（安土桃山時代の大盗賊・実在人物）

①　時は文禄三年（一五九四）。豊臣秀吉の逆鱗に触れ、同年十月八日捕縛される。洛中引き回しのうえ、三条河原で一子と共に釜茹で処刑（家族もろとも皆殺し）となると想像されたい。処刑場の周りを洛中の町民が見物。五右衛門は熱々の釜の中で熱湯を浴びながら、自らの一子を小脇に抱えて手にとり、自らの尻の下に敷いた。

②　これを見た見物衆はさても悪人、驚いた。我が子を尻に敷き、わが命を惜しみ、熱さを逃れようとして、我が子を先に釜茹でに。見物人は五右衛門、さすがに極悪人の所業よと野次り倒した。

③　一方であれは五右衛門の親心よ。どのみち助からない子の命ならば、少しでもはやく楽にさせたい。この世にひとり残してあの世に行くのは忍びない。これは深い親心のひとつ。極悪人でもやはり五右衛門もひとの親。極悪人でも可哀そうよとこのときばかりは同情の忍び声。

どちらが正しいのかと聞くのは野暮のこと。読者の好きに取ればよい。これも哲学でもない普通の話。

④　そしてシェイクスピアの舞台、ハムレットのひとこと。

「生きるべきか死ぬべきか、それが問題だ」

これも個人の問題で何ら哲学的要素はない。本人の好きにすればよいこと、ただそれだけであろう。『葉隠』の如く、魂を語る問題ではない。

＊最後に筆者の感覚で武士道論者、三者の筆本と印象を漠としたものであるが書いてみた。読者は筆者の観察姿勢に拘ることなく、考察しながら丁寧に読まれたい。それが三島由紀夫の「『葉隠』入門」に辿り着くまでの材料になればよい。ここで大切なことはそれぞれ武士道論があるが、どちらがより正しい理論であるかという短絡的な紹介をしたのではない。どちらの理論も書かれた文書と作者の社会背景があることを捉えなくては意味がない。読者も筆者も、得てしてどちらの理論が良いかを好き嫌いの基準で見てしまいそうであるが、その視線は学術とは遠い。本書の狙いはそこではない。分かり易くするために、ここで一線を引いておく。武士道論は江戸時代の徳川幕府の大政奉還が

され、学術的には別なものとなる。特に常朝の手による『葉隠』は明治維新政府によって大きく姿を変えていく。

ここまでに於いて、得心の得られない箇所のある読者はそのところを再読しておかれたい。

『葉隠』論が日清・日露・第二次世界大戦（大東亜戦争）という場面をむかえ、「大日本帝国」が、国際国家としてのデビューを果たした役割について時代の流れを把握しておこう。

筆者もここまで読者と共に学習をしてきた。そこでのひとりごとを少し。

『葉隠』論の中心は、いわば時の社会体制に乗り遅れた、庵宿での常朝・陣基の残念節の印象である。現に鍋島藩でも賢人と呼ばれる人材を他藩より多く輩出しているし、「武」から「文」に変節して名をあげた人物も少なくない。

筆者は反論・異論を承知で言う。『葉隠』は哲学の書ではない。「哲学」の書と見たいひとは、解釈の物差しを間違えているとみたい。常朝『葉隠』の一文は単に常朝自身が自らの余命に焦りを抱いたから、そこで庵に陣基を招き入れ、思うがままの存念を並べた。再度の確認であるが、常朝と陣基も、徳川幕府と武士の身分も江戸時代と共に消滅することを予知して書いた鍋島教本ではない。軍人勅諭以外にどんな必然性があったかわからない。それでも武士道は明治・大正・昭和に残った。葉隠的武士道は「常に死を覚悟して胸に秘め、遮二無二、死にもの狂いで行動を起こせば了。」として叱咤する。「兎に角、頑張れば主君に奉公心は自ずと理解されよう」、この一念は理解できたとしても、この行為が結果を保証するものではない。これを軍人勅諭にして世界を相手に戦った大日本帝国の皇軍の奉公も担保はされていなかった。

著名な『葉隠』研究家の相良亨（一九二一～二〇〇〇）の表現を借りる。

葉隠的武士道は「死の覚悟」を根幹にすえ、儒教的士道は「道の自覚」を根本とする。

筆者も全く同感であり、それ以上の解釈は不要と思う。ここで留まらないからややたらと解釈が難しくなる。哲学を語らなくても解釈は出来よう。

後世の諸人たちは文字の行間を深読みして語りたい学者の辟易であろう。それはそれでよいが日本民族を語り、魂を顕す文書であるとは見当違いな評論であることを踏まえ、本書の後半に向けて考察を続けたい。

第二節　山本常朝、『葉隠』の確信はどこにある
常朝の背負った三つの荷物

＊常朝の荷物その一

鍋島一族が龍造寺一族から佐賀藩領を継承するにあたって、一読すると余り世間体のよくない、風評が残りそうな経緯があったことは第一章で具体的に説明し、読者と共に学習してきた。その風評らしきものをどのように捉えているかは読者の解釈次第であり、筆者がここで念を押すところではない。その風評を問題にしているのは常朝自身である。少しだけ復習しよう。世は豊臣秀吉の時代であった。

佐賀の藩祖、鍋島直茂は龍造寺の筆頭家臣で実力者であった。関ケ原の合戦で東軍、徳川家康の勝利に終わったことは誰もが知るところであろう。その時、舞台の関ケ原で鍋島直茂は、最初はそれまでの権力者豊臣秀吉に恩顧を感じ豊臣方で陣取りをした。しかし合戦は当初の見立てよりも早い展開で勝負がついた。石田三成を大将とする西軍の負け戦。

その時、鍋島直茂は龍造寺氏の軍に所属し、大将格で布陣していたが刃を交えること

なく味方は総崩れ。この東軍徳川家康の勝利の情報をいち早く佐賀藩の総大将鍋島直茂（このとき総大将は龍造寺氏の一族ではない）に伝達したのは、黒田藩主黒田長政であった。直茂は即刻、黒田の手の案内で徳川家康に駆け寄り、表敬をして詫びを入れた。条件付きではあったが、家康より佐賀の当主として本領安堵をされた。この立ち回りの速さとそれまでの戦国武将としての鍋島直茂の評価が高かった為に、殺すに惜しい武将だと黒田長政の進言を聞き入れたということらあたりの話はすべて佐賀藩側の史料によるものであり、真実はわからないし、異論も多い。しかし現実に徳川幕藩体制下の佐賀藩の鍋島直茂は藩祖（初代藩主は嫡子の勝茂）となったことは事実である。西軍の敗因のひとつに、多数の有力大名が本気で天下分け目の合戦に参戦、石田三成に合力する意思がなかった。殊に薩摩をはじめとして、遠方からの合力の為に負担が大きかった。特に名目総大将の毛利輝元は合戦が得意ではなかったのか、総大将にふさわしい仕事をしていない。

やがて佐賀藩に於ける龍造寺一族は恨み節を持って消滅してゆく。但し、龍造寺家の一族ではないが重臣の一部たちを残して、様子見をしたようなところもあり、常朝自身もそんな状況の藩政に不安を感じて鍋島藩の上級家臣たちに、葉隠教育をしたかったのであろう。

この鍋島一族の龍造寺家乗っ取り伝説が、ことある度に噂されているのではないかということを常朝は大変気に病み、『葉隠』の文中で、鍋島一族の行動に何ら問題はなかった、正当な行為である。天下に恥じることではない。そのことを鍋島藩の家臣一同にしっかりと聞かせておき、風評に惑わされることなく唯、一心に鍋島直茂、勝茂親子の功績を信じて、死にもの狂いで慕い、「国学」を知り際限のない滅私奉公をするべしと幾度も書きそろえた（聞書二・その一一一、聞書一・その三二など多数）。限度ある奉公なぞ糞くらえともある。

ここで皆さんが誤解をしやすい鍋島「国学」についてきちんと整理しよう。常朝の藩士に求めた国学とはあくまで佐賀鍋島藩の歴史と置かれた藩政事情を学ぶべきということであって、常朝の『葉隠』が世に出たのは江戸時代の最も隆盛を誇った八代将軍徳川吉宗の時代であることを忘れず押さえよう。

一地方の外様藩の側用人が藩士に向かって、ゆくゆく、将来に向かって徳川幕藩体制をとやかく語ることはあり得ないという歴史観は必要である。佐賀藩校「弘道館」の教授である古賀穀堂あたりが論ずることを『葉隠』に書いたというならば、それはそれで後世に於ける解釈の基準になる一語であろう。『葉隠』の内容について幕末情勢、藩政改革に向かい、枝吉神陽あたりが中心となり「内容が不適切」として補稿作業が度々為されている。この点を見ても天下国家を論ずる書ではなく、地方版であることを忘れてはならない。

明治時代に於いて、政府により国軍として如何に有効に兵士を稼働させるかという論点に付き、その段階で『葉隠』が再び登場するが、その点は後節にしよう。本論に戻る。常朝が生きた時代は江戸期の初めから半ばにかけてであり、武士が戦場で生死を賭けて闘う時代の状況ではない。『葉隠』がどれ程「常に死を胸に置く」心構えであったとしても、その時代に生死の選択を迫られる場面がない以上、それはお題目の教えにしかならない。実用化できない教本である。これについて常朝は泰平の世でも平時においてしばしば、喧嘩、刃傷沙汰、仇討ちなどがある。その例示が聞書の各所にあり、その場合の武士の即断ともいうべき行動の必要性を説く。決して躊躇するべきでなく、まず遅れず相手を斬れ。斬られては恥となる。後は周囲に任せ「自分は腹を切れ　武士が一命を賭けてした行為はそれ以上咎められることではない」と。

ここに、葉隠的武士道が理解しやすい一文であるから、原文（現代語訳）も紹介する。

聞書第一（その一九〇）から見せよう。

「打ち果すと、はまりたることある時、たとへば直に行きては任果せがたし、遠いけれどもこの道を廻りて行くべしなんど思わぬもなり。手延びになりて、心にたるみ出来る故、大かた任届けず。武者は粗忽なれば無二無三可然（遮二無二と同意）なり。」

〈現代語訳〉

「ある者を討ち捨てると覚悟を決めたとき、ただちに突き進むのでは仕損じるかもしれない、遠くはなるが廻り道をして進んで行こう、などとけっして考えないことだ。間延びて、心に緩みが生じてくるから、たいていことが達成できないということになる。武士道は軽率なほどに遮二無二の行動が大切である。」

筆者はそれなりに常朝の言い分もわかる。人間ひとり斬り殺すということは、戦国乱世の時でも命を賭ける行動であろう。況や泰平の世においてこの時代に理由は兎も角、簡単にはひとを殺せない。それなりの覚悟が必要である。ヘタな考えは行動を鈍らせる。猪突猛進せよの理屈は理解しても、一族郎党全員処刑になることもある筈。それで本人が全責任をとって「自決」ではいくらこの時代と雖も、場合によっては、藩政を揺るがすほどの一大事のことにもなろう。武士はこれくらい大変だから、平生（へいぜい）から鍛錬することが大切であるといいたいのであろう。いつ、武士は死の場面に直面、遭遇するかもしれない。だから、常日頃注意深く、鍛錬し、今ある命を大切にしなさいという逆説の意味がある。それが『葉隠』の趣意である。しかし武士がこの如く行動を起こしていたら、これでは泰平な時代とはいえ、各地で乱戦になろう。『葉隠』の文中に刃傷沙汰の例示があるが、徳川幕藩体制下の二五六藩のうち、どれほどの事件数と死者がいたというのか。戦国時代ではない筆者にはその例示をもって、日本武士道の「遮二無二行動する」様子が描ける読者はどれほどいようかと思う。筆者がその文献を確認するだけでも、かなりの時間を要した。やはり『葉隠』の存在は遠い。藤沢周平の「海坂藩残酷物語」だけでは時代をかたれない。争いは立場が変われば見方も違って来ることは珍しくない。特に『葉隠』の初期は上級武士の心得であったはず。如何に地方の外様藩とはいえ佐賀鍋島藩はかなり異常な集団である。現実に常朝節はお題目であり、心構えであって、その通り藩士が行動したとは思えない。ただの理屈を色々、思いをつけて口述しただけにすぎないと筆者は思う。

◉筆者はここからかなりきつい一文を以って常朝を評価してみる

①　常朝はしっかりと筋立てをして、陣基に「七年間」に「一三五〇項」を口述したとはとても思えない。もし、常朝が自ら筆をとっていたら、これほど乱脈な筋のない文章にはならない。常朝はいつ、どんな口述をしたかを確認しないで、陣基に書かせ、陣基は〝常朝様、その一件は既に数年前に書き留めています〟如何にいたしましょう〟というやり取りはありえない。

②　その明治時代から後世の先行学者と日本国民が、『葉隠』の文意の行間を深読みして、常朝が後世の国民に語り掛けたものと見るのは、馬鹿げた解釈である。途中の解釈を書いたものを見て、時の政権の都合の良いところを並べたに過ぎない。確かに『葉隠』には人生訓となるような箇所は少なくないが、武士として全く闘争・人斬りの経験のない常朝に教えを請うほど笑止なことはない。「遮二無二行動せよ」は常朝が出来なかった行動に自らを叱責したるものである。

もしそれが事実なれば鍋島藩士は享保の時代に『葉隠』哲学の解釈であれこれと悩んだであろう。哲学でなく「格言」・「ことわざ」でも充分に解釈できる内容である。吉田兼好や西行をすたれ者呼ばわりするほどの内容でもないし、ルーズベルトが駆け回る程の武士道論ではないであろう。ルーズベルトは「武士道」内容よりも新渡戸稲造の英文力に驚き、驚嘆したのではないかと筆者は本気で思っている。

「武士道と云うは死ぬことと見付けたり」を「死ぬこと」の極限を語ることで、逆説的に「生きること」の意味を自覚して武士道を平生に知りおくべきと言う学者の説も見るが、浅学の筆者には理解できない。逆説に例えずとも、「そのまゝ生きて、主君に充分仕えて、頑張れば努力に見合うお言葉も頂戴できよう。家族も喜ぶ。これからの時代に戦はないであろう。もし時が来ればそのおりは命を賭けて闘うべきであり、その行動がとれるように、上司の教え・教訓を旨として鍛錬せよ」。これは筆者の拙い例えであるがこれで常朝の意図は充分伝わる。「死」は予想しても平時に死の「覚悟」はいらないと思う。平時にその対応を求められたら日々、地獄の如くではないか。酒も飲めない。坊主も尼も説法だけでは人寄らぬ。「般若湯」も「間男」も銜えていよう。逆説はいらなくて、正論で言いおけばよい。『葉隠』は常朝の自慢話の臭いが多すぎる。この「臭い」と散文調の文体を昭和の時代に深読みをし過ぎた一部の学者が「哲学」という言葉でことを学術的に仕上げたものとみる。

常朝は二代目藩主鍋島光茂の側近を勤めるが、『葉隠』文中に藩祖直茂・初代勝茂・

そして自分の君主光茂の優秀さを褒め称え、家臣には際限のない奉公のあることを求めた。そして鍋島一族に恩返しをしろという。ここで常朝と鍋島一族は自ら語るに落ちている。やかましく、家臣に対して説教節をここに出さなければならない程のレベルの鍋島一族であったのか。藩主が自ら語ればよいであろう。

③　度々のように念を押すが、常朝は明治・大正・昭和・平成そして「令和」の時代の日本国民に「哲学」の理解を求めて『葉隠』を書いたわけではない。

これでは鍋島藩内に龍造寺氏からの継承問題について、宜しからぬ噂のあることを認めているようなものである。「哲学」論を並べている先行学者は常朝の陥穽（かんせい）を覗（のぞ）いて、そこに嵌（は）まり、我ひとりは『葉隠』哲学を理解できる人物と言われたかったのではないかと僭越、無礼を承知で申し上げる。専門学者は『葉隠』を一般読者にわかりやすく揃えるように努力すべきではないかと思うが、読者は如何様に対峙されよう。

鍋島一族は龍造寺一族の油断がなかったら、鍋島一族に「佐賀藩」は与えられなかったということを家臣に訴え、今後とも油断することなく、鍋島ご当主様一族に感謝して心を尽くせと言っている。そして恵まれずにその結果、自らが死ぬことになっても有り難いことであり、死に場所を与えられたことに感謝しなくてはならないという。

戦場で死ぬのも、天下泰平の世に鞘当・喧嘩で、街道、野原で死ぬのも同じこと。所詮、武士は主君の為に遮二無二、滅私奉公して死ぬことを本分とするものである。「武士道と云うは死ぬことと見付けたり」。

佐賀鍋島一族の権利継承の正当化。これが山本常朝の最初の荷物である。鍋島一族の行動が正当か不当かは戦国の世に於いて、武士道の是非はそれほど重要なことではない。平時の心掛けは如何ほどあっても、武運拙く死ぬときは死ぬ。筆者は既にこんな戦国時代のあり方については頼朝政権発足の項目で充分に紹介をしてきた。龍造寺氏一族から鍋島一族に領主が動くことは何ら珍しくないのに、この騒ぎようのほうが筆者には理解し難い。そこを問題にした文献も見られない。常朝は自分がそれを語るにふさわしい才能と過剰に、陣基に認めさせたかったのであろうか。

さてここで読者の皆さんは大きな疑問が湧いたであろう。

常朝は二代目藩主光茂の側近ではあったが家老職ではない。しかも執筆者の陣基と「夜陰の閑談」をしているのは、常朝が出家して坊主となった庵で語りあっている。常朝は主君光茂の逝去に併せて殉教の切腹をしようとしたが、鍋島藩主命令で殉死は法度となっていた。（徳川幕府の殉職禁止令はこの数年後、武家諸法度にある。）

それでは一体、誰が常朝に鍋島藩の行く末と、藩士の教育を命令したのかわからない。特別に常朝が龍造寺家との家督の継承問題に心を砕いて思案しろと独断で言える程の身分では全くない。逆に三代目以降の藩主の家老、側近から〝常朝出過ぎたマネをするな〟の一声もなかったものであろうか。遮二無二奉公し、死ぬことが武士の行動として褒め称えられるものなれば、常朝は何故に、自身が自決しなかったのか。常朝は既に退官して鍋島藩士ではないからなのか。武官でなく文官だから「死ぬことと見付けたり」の訓例は適用されないのか。殉死はご法度であっても、山中の庵でひとり静かに腹を切ればよいことであろう。世捨て人の坊主が野犬の餌になっても、九州肥前の荒れ野で何が問題になろうかとても疑問だらけで理解できない。常朝は単なる言いたがりということか。筆者は今回も沢山の文献書物を見た。この種の疑問に出会うことも、解答らしき一文にも出会えず。筆者の疑問が下世話過ぎるのであろうか。読者の御意見を伺いたい。常朝は幾分、神経質なところがあったなどと言うような、常朝擁護論が語られるようならば、それは歴史学の学術ではない。

ここで大きな疑問が湧かないとすれば読者は『葉隠』の理解ができていないのではないかと筆者は少し不安になる。そこらあたりについて読者に不安があれば節頭に戻り復習しよう。庵で常朝は自分の感ずるところの不安を陣基に語り掛けただけの鍋島一族の回顧録が、三百年後の「令和」に於いて今でも語られる。龍造寺一件や「鍋島騒動」は、やはり常朝から見ても不安を抱く事であったのであろうと筆者は決めつけておく。とはいってみても、常朝自身は文官職であり、戦闘実践の経験は全くない。この点は幾度も指摘した。そんな常朝の思想を後世において、武士の典型的なものとして、更に「武士道精神」は日本民族の魂を語る文書とまでいい扱い、取り上げてきた日本の歴史学と思想史はどんなものであろう。読者は如何に思われよう。筆者はここでも常朝の本意は大きく彷徨っていると懸念する。

しかしこれは鍋島藩士山本常朝の責任ではない。先にも触れたように日本武士道は新渡戸稲造を筆頭にして、明治天皇とその皇軍の教育の為に大きく利用されてきたことを、歴史上の事実として充分に語り示すべきであったのではないか。新渡戸稲造と米国大統領ルーズベルトの功績ばかりを強調した学術感覚は、完全に大衆ポピュリズムに迎合してしまった学術の姿であろう。日清・日露戦争の時代にそのような教育を必要としたこと、その事実を難解な『葉隠』を代用したような、判然としない歴史学の説明では「令和」の元号を褒め称え、「令和天皇」をして「サムライジャパン」の商標を張り付けるべきではないと、管見ではあるが筆者は本気で不安の今日にある。常朝の『葉隠』と三島由紀夫の「葉隠」は同じ目線上ではないことを、後世の国民に正面から答えるべきではないか。それが平成天皇の「象徴天皇」の行動、業績に対する誠意ではないか。そして「令和天皇」の姿に日本国民として大きな拍手を送るべきだと思う。

こんな話は素人の筆者が口にするのは出過ぎた話に思われるであろう。それは致し方ない。お許しを頂くこととしよう。

＊別論として読者に付け加えたい。

鍋島藩の歴史には歴代藩主にとって悩ましい歴史的事実があった。二代目藩主鍋島光茂は初代藩主の鍋島勝茂の四番目の男子である鍋島忠直の子である。その子に二代目の藩主を継承した。つまり初代藩主の「孫」の光茂が鍋島一族と藩領を承継しているという事実を知らなくてはいけない。

ということは初代藩主の男の子供たちは忠直の他に三人いた。その子たちが分家一族として家来も領地も持っている。見方によっては保守本流の一族ではない二代目藩主鍋島光茂である。佐賀藩は龍造寺氏の一族やおなじ鍋島一族であっても外野一族の無視できない勢力がいたということを押さえておかないと全く理解出来ない。

加えて三五万七〇〇〇石という実力の実態は表面とは大違いで、藩主光茂の裁量できる石高は六〇〇〇〇石くらいであったといわれている。鍋島一族はこの時、特殊な藩事情があった。この時代は誰が先代の利権を相続継承するかは特定されていない場合が多い。鍋島勝茂の四男の子が後継したということは、それなりの理由があった。

この時代には末子相続といわれる承継法があった。それは必ずしも長兄、又はその子が嫡子となることが決定ではなく、多くの兄弟の中から適任者を決めるという方法と、末子相続といって、最も遅く生まれた男子を基本的に後継ぎにすることがあった。それによって、現在の藩主の在位が、より長くなることの長所（より優れた藩主の継続）がある。

二代藩主鍋島光茂は、四人兄弟の末子の更にその子であるから複雑である。これは忠直の母親は徳川家康の養女（菊姫）で勝茂との間に出来た徳川一族の縁続きであったから、致し方ない。しかし、この事実は、他の子供（勝茂の子）たちはそれ相応の子供の人数と更に孫の人数がいることになる。それらの身分と、嘗ての龍造寺家の一族の立場もあるから、佐賀藩には合計三五家の一族同格の衆がいた。従って藩主の仕事は多忙であった。そこに於ける鍋島一族と本家の団結と確保が大切と継続の必要性から、常朝が示すために書かれた藩士の教本が『葉隠』である。

そこもしっかり理解しよう。この流れを押さえておかないと、長々と続く常朝節の評価がわからない。大抵の読者はここらあたりの理解が障害となる。読者はここを乗り越えて進むことに参加されたい。

初学者にとって『葉隠』が解釈不能になり易いのは、ここらあたりの顛末が面倒くさくなってくるからであろう。この背景を理解していると進めやすい。一見、狂気じみた常朝の心境を手際よく整理できるとよい。大変重要なところであるからしっかり理解されたい。筆者はこの背景と心境が三島由紀夫の感性を理解することにおいて大きく影響してくるであろうと思っている。

参考文献に谷口眞子「武士道と士道山鹿素行の武士道論を巡って」（早稲田大学論文）。その他、種村完司『葉隠』の研究　思想の分析、評価と批判（九州大学出版会）。山本博文「『葉隠』の武士道」（ＰＨＰ新書）を紹介しておく。

＊常朝の荷物その二

『葉隠』には「諫言」という言葉がよく使われている。

「諫言」という用語を正しく理解しよう。「目上の人の過失を指摘して忠告すること」（各社辞書共通）。

聞書第二（その一三九）

〈現代語訳〉

奉公の最高の姿は、家老の職に就いて、主君に意見を申し上げることである。この点に目を付ければ、他のことを捨象（しゃしょう）しても許されるであろう（中略）。たまたま私欲から立身をのぞみ、上に追従してまわる者はいるが、これは小欲にすぎず、家老にまでなる望みを成就することもできない。少々高い魂を持った者は利欲から離れようとして熱心には奉公せず『徒然草（つれづれぐさ）』や『撰集抄（せんじゅうしょう）』など読み楽しんでいる（中略）兼好（けんこう）や西行（さいぎょう）などの世捨て人は、腰抜けで臆病者なのだ。（中略）出家した者や甚だしい年寄りたちは、彼らから学ぶのも悪くなかろう。（以下略）。

「家老」その職責は、ここで常朝は自分の立場も忘れて望んだ最上級の家臣像であり、憧れのポストであった。殊に加判家老を強く望んでいた。加判家老とは一代限定職であり、抜擢人事である。ところが常朝の家系は家老になれる家系ではない。しかし側近職の常朝は日頃、主君光茂の家老に接する態度を見て、我が身もあの如く、ありたいと熱望していたのであろう。

ついでのようだが同時代に常朝と同じ君主、鍋島光茂に召された相良求馬（さがらきゅうま）は取りたてられて加判家老となっている。光茂の幼少期の遊び相手であったとある。ここでも常朝家は残念か、それともお角違いの羨望（せんぼう）か。相良求馬と鍋島光茂との間柄が一味同心の関係であり、その働きは「死に身」になって千人分の働きをして評価された昇進人事であると解釈されている。聞書第一（その七）。問題はこのあたりであろう。「死に身」になってとの評価は主君の光茂の判断か、それとも城代家老や江戸家老の幹部の関わる判断であろうことは間違いない。しかし、側近職の常朝が個人的にこの仕事は主君光茂と「一味同心」なりと判断できる規準が明確にあり得るものであろうか。ここで『葉隠』精神の神髄である、「際限のない滅私奉公」と只ひたすらに「恋情にも似た心でお慕い申し上げて遮二無二、死を賭けて実践すべき」であることが加判家老への道である。それでも君主より、昇進の御託宣があるかどうかわからない。

『葉隠』はそこでまた一文添える。聞書第二（その一一一）に、「しかし、主君を思って行われる毎日の必死の奉公が、実を結ばないこともありうる。一生の献身が主君によって認められず死を迎えたとしても、その献身のプロセスこそが尊いのであり、それに満足したらよい」というのである。常朝は自作の『葉隠』の文中で自らとどめをさすが如きの書き様をしている。結論としては今も昔も「宮仕えの身はつらい」ということで、今日でも通じる処世術であろう。「哲学」でも何でもない。嫌なら奉公をやめるか、自決か、籠城ひきこもりであろう。普通の常識であるが、実際は当人には中々に耐えられない。しかし、ここでも常朝は自己顕示欲を見せる。負けてはいない。元々自信家であり、不憫なわが身に不満を溜めていたのであろう。また主君に「諫言」の行為をしてみたかったのであろう。

それではこの「諫言」の意味をもう一度理解してみよう。主君や上級家臣（この場合は家老）に過失又は、迷いがある案件に対して自らの意見を具申して、諫めることであるが、その諫言が成功すればよいが主君の機嫌が悪く、逆鱗に触れたときは大変な結果を招くことになる。鍋島武士道に於いては常に「死の覚悟」をして行動しなければならない。即ち、諫言がかなわぬときは、退座して切腹をしなければならない運命になる。この行為を「諫死」という。しかし、この諫死の行為は誰でもできることではない。「諫言」をなしうる者は、家老ないしはそれに準ずるものに限られている。制度上、慣習上、身分の低い家臣が主君に直接に自分の意見を具申などできなかった。それは当然である。そこは鍋島藩だけでなく、武家の礼儀であり、秩序であったであろう。当然、将軍家でもそうである。儒学、朱子学の教えである。

「（前略）さらば一度御家老になりて見すべしと、覚悟を極め申し候。」（聞書第二、その一四〇）と決意を固めたが、常朝は加判家老にもなれず、「諫言」もできなかった。常朝は先にも触れたが、殉死も出来ず、「追腹」で自決することも許されなかった。この第二節は『葉隠』の神髄に触れるところで、幾分ややこしい。然し読者はここで『葉隠』と筆者を見捨てないで、継続されて欲しい。

常朝は、日頃は側用人の職に邁進しながらも天職は「家老になり、主君の難儀、難題を自らの具申で解決すること」である。その意味を深く理解して勤めていたにも拘らず、その家老職に付けないまま、退官して今、仏門に身を置いていることである。忸怩（じくじ）たる思いであろう。これは常朝の『葉隠』時代も「令和」もおなじで分かりやすい。然しこんなことは世間で幾らでもあること。今日、どこでも見られる日常茶飯事である。そこに哲学も逆説もどこにもない。それよりも、そんな立場で陣基と「出世遅れ残念節」を七年間も語り合いをしている、我が身のほうが残念な姿ではないか。常朝の内心はどのようにあろうかと思う。

筆者は七年に拘る。

それでも言い残したい常朝の心境は大変な自己顕示欲か、憤満やるかたない現実を陣基に聞いて欲しくて語り継いだものであろうかと推量する。

常朝が『葉隠』を書き上がり次第「追って火中　すべし」と言った言葉は本心ではなく、書き残し自分の胸中を後世にしっかりと伝え、武士道の残酷さを見せたかったのではと逆説的に筆者は解釈したい。常朝と陣基は一三五〇項にもわたる文書を「武士道と云うは死ぬことと見付けたり」の一文だけが新渡戸稲造の書き上げた、予想しない功績で独り歩きしてしまった事実を草葉の陰で何と知る。単なる「残念話」を延々と語る覚悟は恐ろしい執筆とエネルギーを用意しなければならない。常朝も大変だが陣基もお付き合いが大変。整理すれば一年でも書けそうなものと思うが、言い過ぎであろうか。当初から執筆予定の原稿内容で陣基に思い付くまま話した「夜陰の閑談」の結果が七年であったのか、または実質の年数が一、二年くらいであったのかによって、連想する感触は違ってこよう。常朝が口述に値する「文様」が用意出来たときだけ、陣基を呼びだして、「語らい」を所望したのかそこがわからない。これが一方通行の説法調の口述でも陣基の書き様は変わるであろう。

〝『葉隠』を書き残せ〟という命令があったのであるならば「追って火中　すべし」の一言は誰の意見か疑問が残る。こんな話は「愚痴話」であるから世間には聞かれたくないと思い「追って火中　すべし」と言いながらも、途中から常朝は自己陶酔と顕示欲に傾いていったのではないかと筆者の至らぬ推量が働いてしまう。だから主義主張が散漫になり、常朝亡きあと陣基が十年程かけて仕上げたのではないのかと、管見を承知で庵の様子をいたづらに、想像してしまう。先行学者の反論を頂きたい。新渡戸稲造も三島由紀夫も一三五〇項の全てを解読したものであろうか。若しそれならばやはり才人であろう。小池喜明（こいけよしあき）の鋭い一文を最後に付しておく。

曰く、『葉隠』は「武士道と云うは死ぬことと見付けたり」の一句ばかりが想起される。それ以外にも読み込んだ解釈を必要とされることが沢山ある。一部の誠実な研究者を全くの例外として『葉隠』は読まれたことすらなかったと考えてよいだろう。「岩波文庫上巻一冊すらまともに読まず」、既製の『葉隠』像に合わせて「継ぎ接ぎ細工よろしく意匠を施された「山本常朝論」の横行の危険なしとしない」とかなり手厳しい評価である。全く同感であるが、筆者も一言の反論できる余地もない。なれども必ずしも方向を同じくしているわけではないが、こんな先行学者のあり方のひとつが、故意に『葉隠』の解釈をことさら困難なものにしているということは、強ち的の外れた認識ではない。読者にはこの小池喜明の本を参考文献として紹介しておく。（『葉隠』の志―「奉公人」山本常朝　武蔵書院一九九三年発行）。筆者の言い分けであるがこの小池の本は初学者には格調が高く文意は鋭い。種村完司の説明は初学者に届きやすい。何れも参考にされたい。

　常朝の二つ目の荷物は昇進も加判家老にもなれず「諫言」もできなかったのに、七年間も陣基と「閑談」し続けなければ完成しない『葉隠』の作成する忍耐と執念。常朝は陣基に詫びを入れて「閑談」を切り上げても何の問題はなかったのではないか。それともやはり何かを遺作にしたかったのか。半端な虚栄心も見られると思うのは余計なお世話であろう。『葉隠』信奉者にお叱りを頂くことになりそうだ。度々のお詫びをしておきたい。筆者の『葉隠』酷評の発言はここらあたりで止めておきたい。

☆豆知識をひとつ紹介しておこう。

「殉死」と「追腹」の違いを説明しておきたい。

　殉死禁止令は、寛文元年（一六六一）佐賀藩から、遅れて寛文三年（一六六三）徳川幕府から発している。

「殉死」と「追腹」は似ているが、実態は異なっている。
「殉死」とは自分の主君や上司の教え、教訓などに感銘し、「際限のない恋慕の一心」で主君のあとを追い、命を絶つことである。しかし誰でも勝手に「主君をお慕いできる」ものではない。考えの共有できる立場が必要である。身分の低い家臣では考えも行動も、同じくできるものではない。更にその家臣が惜しまれる人材であるが主君おひとりを、あの世に送るには寂しい思いをされるであろう。あの有能な家臣なら、なくすには惜しい人材であるが、これまでの主君との信頼関係から見ても、天国の殿のお側で「閑談」の相手をするにふさわしい相手であろうと思われる人物に許される自決行為でなくてはならない。もっとも佐賀藩二代藩主の鍋島光茂は、幕府に先立って家臣の「殉死」を無意味な行為として禁止していたことは当を得た政策であると思う。逸材と言える家臣はおいそれとは揃えられるものではない。

ならば「追腹」とはどんな行為か。『葉隠』には「追腹」という言葉は頻出するが「殉死」という言葉は全く出てこない。これは鍋島造語であろう。「殉死」とは違い、仲間の死に同情し、後追いをする自決である。あの世に行っても主君と合流できるという考え方であったのではないか。常朝はこれも許されなかった。曰く、鍋島御一族と山本常朝があの世とはいえ「仲間」として同席できるとは笑止であり、思い上がりである。あの世であろうと主君と家来が同席する様な景色はない。

それは鍋島一族としては穢らわしい話であろう。一目瞭然である。しかし、これも後世において、現代人は何とでも言える不節操な解説である。常朝が「追腹」をしてもそこに罪はない。歴史学上は明治維新の政治家・要人の行動も、今となれば特段の罪はない。今、生きる「昭和」・「平成」そしてこれから活躍するであろう「令和」の日本人としてここまで話を拡大したならばこの話も紹介する必要があろう。

日露戦争後に明治天皇が逝去して、その後追いとして乃木希典陸軍大臣が殉死したことは有名なことである。乃木希典は明治天皇と共に生きたという自身の決意の証明であろう。これは歴史上の事実として「令和」の時代と「矜持」と彷徨うことのない「歴史学」として思考されねばならない。これは筆者の独自判断であることはお許し頂きたい。

突然であるが、『葉隠』の内容は更にややこしくなると思われるし、先が長いから少し途中下車して休むことにしよう。従って我々読者と筆者は現在、『葉隠』全編のどのあたりにポジションを置いているかを確認する必要がある。そこを復習をしよう。第一章は佐賀藩と幕末までの歴史を中心に進行させた。「武士道と云うは死ぬことと見付けたり」の解釈と江藤新平を中心に佐賀の乱、そして征韓論の支持者と反論者を流し読みの範囲で捉えておきたい。

『葉隠』は全部で一一巻。そして現在一、二巻を中心に学習してきた。

第一巻　教訓
第二巻　教訓
第三巻　藩祖鍋島直茂の言行
第四巻　初代藩主鍋島勝茂並びに嫡子忠直の言行
第五巻　二代藩主鍋島光茂、三代綱茂の言行
第六巻　佐賀藩士の言行並びに史跡伝記
第七巻　同
第八巻　同
第九巻　同
第十巻　他国侍の言行その他嗜方一般
第十一巻　教訓並びに言動補遺（以上相良亨の区分による）

ここで何故、一、二巻を中心に学んでいるのかを確認しておく。一一巻の全巻を対象

に進めると、全体の内容が把握できない。書き様と登場人物が多い為、内容を把握し特定しづらい。そして、夜陰の閑談に於ける常朝と陣基が中心になっているのはこの一・二巻の教訓編である。残る九巻は記したように、陣基が常朝の談話内容の補足と確認の部分が中心であるから、一・二巻を知識とされた読者はそれで現代版『葉隠』ならば充分に修得されよう。読者の皆さんも現在の位置が何となく、確認できたであろう。それでよいし、揃って前に出られることに期待する。

それでは話を現時点の『葉隠』に戻ろう。

＊常朝の荷物その三

『葉隠』の主役ともいうべき常朝の出自は必ずしも恵まれた環境ではなかった。

常朝の属した中野甚右衛門の一門は、代々加判家老の評価をされる一族であった。その一族であった父は中野一族を離れ、山本性を名乗り分家した。本家の従兄弟の中野数馬はのちに加判家老として昇進している。次に常朝の出自を見よう。

常朝は山本神右衛門重澄（やまもとじんえもんしげすみ）の男二人の末子として生まれる。しかし女子は姉が四人いた。六人兄弟の末っ子であり、生まれながらにして脆弱（ぜいじゃく）な体質であったとある。

この項目は、聞書第二（その一四〇）は第一・二巻の中ではかなり文章が長い。原文をご覧になる機会の持てる読者は一度見て欲しい。何故に、常朝がかなり長文で自身の出自を後世に残り、知れ渡ることを承知で陣基に認めさせたかったということが分かる。この長文の所以（ゆえん）について考察された研究者の文献はない。常朝の感極まったような内容であるからその文意はもれなく読者に伝えたい。筆者は三島由紀夫の行動にも影響を与えたと感じさせる長文と思っている。

聞書第二（その一四〇）より。

〈現代語訳〉

私（山本常朝）は父親が七十歳の時の子で（父は私を）「塩売りの行商人にでもやってしまおう」と言ったのを小城支藩家老の多久茂富（たくしげとみ）殿が「神右衛門（常朝）は陰の奉公をすると、勝茂公は常々仰せになっているから、おそらく（その働きは鍋島一族の）子孫の上に芽吹いて、（常朝は）御用に立つであろう」とお留めになり、松亀と名付けてくださった。（中略）三代綱茂の幼少時には縁戚の中のいとこの中野数馬と若君（三代藩主の綱茂の幼少時）と稚児三人で一緒に遊び、二代藩主の光茂にも小姓として可愛がられていた。（中略）その後、烏帽子親（えぼしおや）の倉永利兵衛（くらながりへえ）と折り合い悪く、御用の仰せ付けもなくなり、ぶらぶら過ごしていた。近隣に著名な湛然和尚を度々訪ね、出家しようかとも考えていた。親から（私のことを）宜しく頼みますと言っておかれた為に懇意（湛然和尚と常朝の父親）であった。（中略）特定の職務を与えられていない常朝は分家の子として御切米（数馬の一族から同情的食料）を頂くことになった。親戚の中野数馬はその後主君の光茂より加判家老に採りたてられている。

ここで常朝は縁戚の同僚とはっきり立場の違うことを知り、身分の低い者とひとから見下げられるのは無念である、どうしたら気持ちよく御奉公ができるだろうかと、昼夜工夫することになった。（中略）奉公の忠節は、主君に諫言して国家（佐賀藩の藩事）を治めることである。下の方でぐずぐずしていては役に立たない。となれば、家老になることこそ至極の奉公である。自分の名利（自分の名声・利益）を思うのでなく、奉公人としての名利を思うのだと、とくと腑に落ち、ならばいつかきっと家老になってみせると覚悟をきめたのであった。

早い出世は古来良いことにはならないので、五十歳ごろから出世しようと腹づもりをし、寝ても覚めても工夫修行に骨を折り、血の涙とまでいかなくても、黄色の涙くらいは流すほどであった。（中略）本意（家老になるという）は遂げられなかったが、そうでありながら、まさしく『葉隠』教本として本意を遂げたのだということは、ここまで話してきた通りある。まことにもって、身の上話は高慢のようだけれども、私の心底に隠すものは何ひとつなく……（以下略）。

ここから翌朝に以下先に紹介した常朝と陣基の連句に繋がっていく。

この現代語訳は長文のため、途中を省略した。読者の皆さんに分かり易くしたところもあるが、常朝の本意を外してはいない。この連句は両者ともここで、「夜陰の閑談」を一区切りに致しましょうといった空気を、どちらからともなく漂わせたのであろう。

それにしてもこの時代にしてこれだけの執念と『葉隠』の理論を用意できたのは、文官の才覚であり、武官には到底マネを為し得ず、一時（いっとき）の間をおかず、刀を抜いて相手を斬り殺し、自らも腹を横文字にかっ裁き、自決して「これ、我が自決も武士道と云うものなり」で一件落着したであろうか。この聞書第二（その一四〇）は本心であろう。

しかし、筆者はここでも大きな疑問が湧いてくる。常朝も陣基もこの一四〇項の「残念節」を書き残す目的は那辺にありやと思う。陣基も涙なくては聞かれないところである。特に従兄弟の中野数馬は光茂より加判家老に取り上げられ、自分は身分の低い立場を確認しても、親のいう「塩やの丁稚」にもならず、近隣の坊主に入門もせず、ひたすら、藩主光茂の影法師として滅私奉公・請われれば一命も差し出さんという健気な気持ちは同情するが、この自虐的安心感は日本人魂とは全く関係なく、それは常朝の存念にすぎないと『葉隠』擁護論者の叱責を覚悟で申し上げたい。

「追って火中　すべし」であったら、陣基の一存で、ここまでの出来上がりの部分を火中にすればよい。何も七年間の月日は不要であろう。常朝は文官のつらさをすべての藩中・藩士に聞かせたかったのであろうか。やはり『葉隠』は「奇異なる書」といった大隈重信の日記も半分は当を得た評価である。しかし、ここで半分とは大隈日記にも政敵があるであろう。全てが本心とは一概に扱えない。

　常朝の背負った三つめの荷物はその生まれし境遇であった。

『葉隠』の精神はどちらにしても、池上英子は「これは佐賀の地域的ナショナリズムともいうべきものであろう」と解説している。この池上英子の見識は正しいと思う。新渡戸稲造の日本人民族の魂を世界に語ると言う論調とは遠いところにある。

　参考文献に（「『名誉と順応』サムライ精神の歴史社会学」池上英子、NTT出版）を紹介しておこう。池上は日本人であるが、現在米国在住で日本史や文化社会学を講義している。筆者には「赤穂浪士一件」について池上英子の「喧嘩両成敗」という見立てがあり、筆者はその点においては得心出来ないでいる。筆者は吉良と浅野の間に喧嘩は成立していないと先立てている。前著書「彷徨える日本史　翻弄される赤穂の浪士たち」に示した。

この常朝の背負った三つの荷物はしっかりと理解されたい。ここは熟読が必要なところである。『葉隠』は逆説の哲学本として解説されることがあるが（三島由紀夫など）、それは解釈の目線の違いである。そのこととは関係なく、常朝の固い信念の裏に秘めたる人生の経験談が背後にあったことを知りおかねば、『葉隠』の右に左にわたる特有の極論が、必要以上に深読みされ、挙句の果てに「哲学」の書という評価になる。「追って火中　すべし」は陣基をして、「常朝の経験談」を広め、若き藩士に諦めることなく、努力せよとの強くて切ない提言であろう。確かに参考となり得る教本であるが、聊か念が入り過ぎてくどい。そこが先行学者と三島由紀夫に「逆説の哲学」として深読みをさせてしまった所以であろう。

◉愚見集（ぐけんしゅう）について

これは知る人ぞ知るといったような一面をもつ。『葉隠』の予行演習ともいうべき性格をもった抄本である。この抄本の存在を知っている読者は既に日本史学の初心者ではない。この本の存在の持つ意味は大きいと筆者は先行学者よりも特別の関心がある。専門学者の間でも『葉隠』の成立については、今だに多くの謎がある抄本とされている。

何故に陣基は隠棲中の常朝の庵を訪ねたか。やはりそれは龍造寺家から鍋島家への「権利の連続性」を堅持したかったのであろう。常朝の主君であった二代目藩主光茂の時代には複雑な藩内事情が表面化して、内部抗争の体もあるやという不安にかられた人物が、事情に詳しい常朝の庵を訪ね、より詳しく書き留めさせたのであろうが、それを陣基に指示した人物は推定はされても、特定はされていない。

その流れとは全く別にして常朝のもとには「愚見集」なるものが存在していたことを説明しないと、複雑さが解明されない。

『葉隠』は「武士道」として、戦国時代の「武官」の生き方から、天下泰平の徳川幕藩体制下に於ける、「文官」としての生き方を明確に示した執念と覚悟の一冊である。

「武士道と云うは死ぬことと見付けたり」と語りかけ、「死」するという結果に恐れず、遮二無二行動をとり、主君の為にひたすらに奉公をし「死に狂いせよ」と言いながら、常朝は他方で、こんな一文も用意している。

「人間の一生誠に僅かのことなり。好いた事をして暮らすべきなり。夢の間の世の中に、好かぬ事ばかりして苦を見て暮らすは愚かなることなり。」聞書第二（その八五、本書一八頁に紹介済）

　この相対比する項をおいて読者にどのように解釈せよと言うのか。これが自問自答の逆説の哲学という解釈をさせようとしているが、全くの深読みのし過ぎである。

　人間の心や、その人を取り巻く現象は千差万別、多種多様であり、一論では片づけられないという常朝の教訓のつもりであろうが、そんなことは極めてあたりまえなこと。

「逆もまた真なり」という例えもある。この世に絶対はないということである。逆説とか哲学という難しい解釈は必要かと思うが皆さんはどうであろう。常朝『葉隠』でなくても『徒然草』の兼好でも『撰集抄』の西行でも知り得る内容であろう。

「武士道と云うは死ぬことと見付けたり」の場面は、その武士が現役で堅固な状態を条件にしているときの心構えを説いたのであって、後文の聞書第二（その八五）の一項「人間の一生誠に僅かのことなり……」（以下略）は常朝が退官し、仏門に入り自らの半生を含めた回顧のものであり、どちらも正論であろう。何ら矛盾はしていない。

しかしこれは常朝の晩年の感想に過ぎない。先行学者の一部には、常朝は神、聖人であり、『葉隠』、一三五〇項に全て何らかの意味がある。そこには無駄なことは一文もない。我らの尊敬すべき専門学者はその側面も、行間・裏意も全て読み取らないと世界に冠たる、新渡戸稲造の『葉隠』日本の「武士道」にあらずの強引とも見える勤勉な姿勢が、一般読者の解釈を阻害しているのではないか。読者と共に反論を待ちたい。

常朝は鍋島一族の事情をよく知り、筆の才はあったであろうが、仏門の世捨て人であろう。その常朝が石田一鼎や湛然和尚の上をゆく才はないと見る。佐賀藩の教本ならば一鼎や湛然に命ずればよい、藩校もあろう。常朝の『葉隠』に嘘言はない。しかし、一三五〇項の全てに密とした論理の関連性と機微があるとはとても思えない。『葉隠』に幾分かの不確実な項があったとしても、それぞれ、前文の一条と後文の一条が相反するような内容であっても、人は自らの立場が異なれば、行動も変わる。それが世の常である。右に揃える一条も、左に並べた一条もどちらも真実の例示である。人間は感情・知性を持って生きる動物である。その立場で自らが「最も良かれというべき例示を選び、後悔するところなく遮二無二行動すべしという」という中道・中庸の選択するための指針と思えば、「哲学」という用語で「世界（世の中）は皆からくり人形なり。幻（まぼろし）の字を用ひるなり」（聞書第一　その四二）という解釈をすることはない。教示・教訓はあれども、常に己の才分の範囲で選択し、その結果には「死」をもって臨むべしということで、それ以上の深読みは全くの徒労ではないかと思うが、読者は筆者のこの筋論に賛同いただけるのではないかと思う。

『葉隠』の解釈に困難がまとわりつくのは先行学者が、人間は皆、同一の感情を持つわけではないことを承知しながら、何とかして『葉隠』と常朝のレールに乗せて、常朝の心境を理解しようとすることである。もっと厄介なことには、それを後世の人間の尺度のひとつとして解釈させて、初心者・一般読者である周囲に学習させようとするところにある。その結果、『葉隠』は素人が簡単に触れられる安易な古典籍ではないとのイメージができてしまっている。

そこから時代が明治・大正・昭和と変わって「軍人勅諭・戦陣訓」の思想も軍人教育への特需で舞い上がったときもあったが、新渡戸稲造は、恰も「武士道」という一括りで、全ての日本人の普遍性や正念を語っているような落としどころを創作した。ここに彷徨える近・現代の歴史がある。新渡戸稲造が自らの「武士道精神」の存在について、一〇〇年後の姿を否定的に予想していた。ここは学術的にも正面から議論されるべき案件ではないかと浅学ながら余計な野心を持つ。「サムライブルー」や「サムライジャパン」の表現は自由でよいが、「令和」の時代に「サムライ魂」を強調するが如き歓声を期待する国民的演出は、不確実な日本史を連想させるような行為であり、不適切ではないかと思う。

『葉隠』についての解釈は自由である。大切なことは読者の人生経験の中から、自らに当てはまるような条文を基準に考えるべきで、己を超える条文の解釈は「陥穽」に嵌まることにもなる。背伸びした解釈は自身を不安定な心理状態にし、危険を感じさせる。こんな時、『葉隠』に遭遇した賢者は常朝節の虜になってしまっている。

☆これは付け足し文ではあるが、豆知識のレベルではないから、流し読みでなくしっかりと理解されたい。常朝の『葉隠』人生訓は思い付きの口述ではない。「愚見集」のなかで事前に予行演習をしている。そこで読者に愚見集とその出自の大枠を説明しておかねばいけない。

「愚見集」は常朝が宝永五年（一七〇八）二月、常朝の養子、山本吉三郎（男子にめぐまれなっかたのであろう）に宛てた三六箇条からなる教訓の書である。「愚見集」があらわれされた二年後に、『葉隠』の口述が始まっている。

その内容は（一）「忠孝」から始まり（三六）の「遊興」で終わる教書であり、かなり具体的に言及している。義父常朝から「愚見集」を渡された婿養子もつらい立場である。

重要なところは『葉隠』に「この事、愚見集に委(くわ)し」聞書第一（その一八）とか、「愚見集」に書きつけ候ごとくと、聞書第二（その一三九）に記載のあることである。

陣基と『葉隠』の口述を始める二年前に常朝は自らの養子の吉三郎に対して教訓を示している。つまるところ、葉隠庵での『葉隠』構想は突然に出てきた構想ではなく、常朝がそれとなく書き残したものを中心にした回顧録である。その愚見集の自らの訓示を常朝が自ら、陣基に宜しく差配を依頼したものではないかと筆者は管見な推察をしている。それでなければ、鍋島一族が一介の側用人に「一族の秘話」ともいうべき龍造寺一族と鍋島一族の「権利の連続性」の秘匿案件など依頼「することもない」。幕府に対して「外聞(がいぶん)を憚(はばか)る」経緯となろう。

枝吉神陽が『葉隠』の内容を不充分として、補稿を重ねたということは既に触れたが、どんな経緯かは推測の範囲を出ない。ここら辺りから既に『葉隠』は秘伝の書であったのであろう。佐賀県史料　第八編一巻　葉隠聞書校補　小宮睦之の一文を借りて、この「愚見集」の終わりとしたい。

「葉隠は山本常朝が火中にすべしとしているが、佐賀藩士の間で書写に次ぐ書写によって流布していった。藩士の琴線にふれて密かに愛読者を増やしていった。一方、藩が編纂した直茂をはじめとする歴代藩主の年譜は本藩の御仕物方によって保管され、三家、四親類同格などによって書写されたが、一般に流布することはなかった。」とある。

やはり筆者の推察通り、常朝は「言いたがり」であり、ふつうの人物より「自己顕示欲」が旺盛であったのであろう。読者もここらあたりで得心されたい。

ところで『葉隠』は全編として、武士（おとこの世界）に対する明確な処世術ともいうべきサジェスト本であるが、この時代の子女に対してはどうであったかに触れないと不公平であろう。

＊「滅私奉公」と「忍ぶ恋」

『葉隠』に於ける「忍ぶ恋」とは男女の恋愛ではなく、男どうしの所謂「同性愛」であり、その頂点が主君に対する家臣の一方的な恋情であると定めている。これを「衆道」といい、男女間の秘め事とは全く異なることを前提にしないと、これもまた『葉隠』を解釈する上に於いて障害となるだろう。もっとも「衆道（若衆道の略）」と「女知音（おんなちいん）（女性同士愛）」は案外、知られた話かもしれないが『葉隠』の常朝は手加減しない表現になっているから、特に女性の読者は余裕をもって読まれたい。

『葉隠』の「衆道」とは基本的には主君と家臣の関係であり、然も際限のない一方的な家臣の恋情である。その深さは男女間の恋情など遠く及ばない命をかけたもので、相手（主君）にその心底を気付かせてはいけない「陰の慕心」でなければならない。家臣にとって主君から「余にそなたの一命を預けてくれ」といわれることほど名誉なことはないと常朝は言う。人知れず主君を思い続けること。そしてそのお慕いしている心底を、主君に悟られしときは自決するべしとある。これが『葉隠』の「陰の奉公」といわれている。直接、恋情を口にすれば、「無礼者」の一言で首が宙を舞うことになる。只、ひたすら陰にて慕い、身を焦がし、「君臣間斯くの如くあるべし」と武士道を礼讃している。

一方、女性に対してはどんな見識と文例をみせているか紹介しよう。

聞書第二（その一一六）を引用する。

〈現代語訳〉

先代（常朝の父）の神右衛門が言うには「女の子は育てない方が良い。家名に疵をつけ（嫁に出せば名字が変わり、実家よりも嫁ぎ先を大事にする、の意か。）、親に恥をかかせることがある。男の子どもは別にして、そのほかは捨てよ」と念押ししている。

これは、女の子は犬猫のようにすぐに捨てることを意味しているとする学説もある。女性蔑視の最たる一文であろう。常朝の兄弟姉妹は六人いて、常朝は次男末子である。上の姉妹の四人は立派に育て嫁がせている。決して捨ててはいない。嫁ぎの経費の掛かり過ぎを嘆き書いたと池田史郎は自著著作集（紹介済）の中では解説している。

現代でも「娘三人いれば釜戸の灰もなくなる」と言う風潮もなくはない。如何なる時代にあっても、男親が実の娘を可愛く思わないことはあり得ない。

更に聞書第十一（その一二六）にこんな例示もしている。

「女で手跡（筆跡）が巧みで草紙など読んでいる者は、密通するものだ。味噌乞い文といって、親元へ味噌の無心を伝えるだけの用が足せれば、手跡の巧さなどいらぬもの」と教えられたとある。常朝家は戦国時代から武家の系譜であるが、武士の家中ではこれぐらいの評価であったことを知りおこう。「捨てる」はどうかと思うが「おんな」が「おとこ」と対比されて一人前の評価をされていないのは、その後、残念ながら「昭和」時代の前半まで続いた日本の普通の家庭の普遍的評価である。これも『葉隠』特有の逆説の哲学風に解釈すれば「おんな」ほど、可愛いものはない。大切に慈しみ育てなさいということか。一見、逆説のようであるがそれは肉親の情であり、親の思いやりである。「哲学」という言葉は不要であろう。

当然、新渡戸稲造も日本国の将来をそこまで予測はできていなかったとみる。ここまで読者は筆者と共に世界の『葉隠』の生い立ちと時代環境を拙い文章ではあるが、先行専門学者しか理解できない難解極まる古典籍の周囲を初学者として理解してきた。

ポイントは、ここまでを振り返る読み方はあっても良いが、時代の流れとして、常朝の『葉隠』は佐賀鍋島藩という地方藩の藩政事情であって、日本民族の価値を代表するものではないことを忘れてはならない。それでも常朝と『葉隠』の評価は全く動ずるものでない。これより先の明治武士道は葉隠武士道と別物という見方をしっかりと据えて、前に出よう。

第三節　姿を変えた常朝の『葉隠』　明治の武士道

◉新渡戸稲造の功績と異論

読者に再度繰り返す。徳川時代の武士道と明治の武士道は別物としてはっきりと切り替えること。通読して理解しようとすると三島由紀夫の舞台には辿り着けない。

菅野覚明（かんのかくみょう）（ここでは葉隠専門学者とみておく）は「武士道」と云う言葉を聞いて、今日多くの人が新渡戸稲造の本を思いうかべるであろう。」と著書の巻頭にみせている（講談社現代新書「武士道の逆襲」一一頁）。菅野覚明のレベルと違って世間はそうではない。武士道と『葉隠』はリンクしても、新渡戸稲造と武士道の絡みは殆どの日本人には届いていない。『葉隠』と言うイメージはそんな優しい学術上のテーマではない。筆者は反論を承知で言う。ここに大きな隔たりがある。新書を含めてその著者自身が確証も持てていない、受けゆずりの論容になっている出版物が多い。そのほとんどが戦後の『葉隠』の一大権威者である和辻哲郎（一八八九～一九六〇）、古川哲史（不明～二〇一一）の見識を継承しており、第二次世界大戦後、独自の論点を見出した論文は少ない。

ところで和辻哲郎の文献には『葉隠』の現代語訳の本はない。筆者はこの事実を疑問に思い岩波文庫に確認をした。曰く、『葉隠』の現代語本があれば間違いなく弊社、「岩波文庫」から出版していますと。筆者はさらに尋ねた。

「何故に和辻哲郎・古川哲史の両名は現代語本を出版されなかったのでしょう」と聞けば、此の点についても明解に回答があった。「戦後の時代に『葉隠』を現代語として出版しても一般読者も、国民も必要としていなかったということでしょうね」と優しく話された。筆者には大変わかり易くて明解な説明であった。

和辻哲郎はいま思えば、筆者の小学、中学生の時代に東京大学の現役学者として高名であったはずである。その時代は大きく言えば、敗戦からの復興期でやれ武士道・神風特攻隊・先陣訓の言葉は全くにして残酷・不要の書であったと思う。昭和天皇の「人間宣言」、そして「平成天皇」に民間から美智子妃殿下が日本全国民に歓迎されるという国家行事ではあるが、我ら庶民に於いても日本国の一大セレモニーであった。日本国は「二度と戦争をしない国、中立と平和を国是した」という国家宣言であった。筆者も理解できないままであるが教壇からの話に得心した。この時代に『葉隠』現代版は専門家を除いて「不要なる書」であり現代語版は出されてない。岩波文庫の説明がなければこも『葉隠』を理解する障害となるところであった。

つまるところ、未だに『葉隠』の解読、研究については誰もが学習の入り口に立っているようなものである。だから諸説が散乱し独自の研究が不足して、和辻哲郎の総門下生の様ではないか。

再び、菅野覚明の新渡戸稲造論を借りる。

「（前略）学問的な研究者を除く一般の人々―取り分け「武士道精神」を好んで口にする評論家、政治家といった人たちの持つ武士道イメージは、その大きな部分を新渡戸の著書に依っているように思われる。そして実はそのことこそが、今日における武士道概念の混乱を招いている、もっとも大きな原因のひとつなのである。（中略）それはひとことで言えば、新渡戸が語る武士道精神なるものが、武士の思想とは本質的に何の関係ないと」いうことである。抑々、武士道という言葉が大量に使用され、一般に知られるようになったのは明治三十年代以降（新渡戸稲造の武士道本は明治三三年に出版）である。「武士道」は明治人が「武士」の名を借りて作った新しい日本精神主義のことであって、近世以前の武士たち自身の思想とは関係がないとも明確な解説が語られている。覗（のぞ）かなければとても知らなかった知識であり、今までの教科書は筆者にも読者にも日本史のほんの一片しか届けていない。

今、ここから見識を新たにせねばなるまい。ここでの『葉隠』批評に現代日本史の重鎮山本博文の直球ともいえる一言を紹介してこの節を終えよう。

曰く、最初から「死ぬ事と見付けたり」という姿勢および思考停止から生まれるものは、生の哲学ではあり得ず、無責任な「ただの言葉」にすぎない、常朝の主君への没我的忠誠からは激動の幕末に活躍した武士たちの批判意識は出てこない、その意味で『葉隠』は孤立していると現役教授の立場からも厳しい姿勢を見せている。さりとて「武士道」を孤立させて「放置の儘」がよいかどうかには筆者にも幾分の異論があるが、この一分のスキのない山本博文の文意の全てに於いて賛同したい。もっとも読者は筆者の意見にここでは左右されるべきところではないことは明確にしておく。

この様な論調の「新渡戸稲造と日本武士道」に対する批判的な論者は津田左右吉（一八七三〜一九六一）、山本博文（一九五七—）、種村完司（一九四六—）船津明生（一九五七—）等の専門家の評は少なくないが、いずれも声が小さい。誰に忖度して遠慮しているのか。日本の歴史学は遠いところを散歩しているのであろうか。

なお、筆者のここら辺の文脈について関心の持てる読者は、これら学者の先行本を一読すれば、間違いなく日本史の中級以上を超える学習の機会を得ることになろう。

筆者も多少の違いはあっても、新渡戸稲造が「日本民族の魂」として『葉隠』武士道を語るに相応しい人物であったという、従来の先行学者が評価をしてきたことに大きな不満がある。

ここにも「日本史」どころか「日本国」を彷徨わせてきた人たちがいると断言するが、新渡戸稲造とルーズベルトには何ら責任はない。その功績は充分である。

責任は後世の学者にあるという従来からの筆者の見立てが、日本史の必須テーマであると思うから読者は以後もあとに続かれたい。

○『葉隠』武士道精神を積極的に誤解したひとたち

ここから少し急いだ説明をする。今日の近・現代の歴史上大きな影響を与えた人物を紹介するが、その歴史上の人物を酷評はしても筆者が彼らを悪人として解説する立場ではないこととの礼儀の姿勢は正しておきたい。

＊「軍人」と「兵士」の違い

「兵士」の立場を大きく俯瞰しよう。七世紀頃、大和朝廷が中央集権を確立して以後、わが国の軍事力の担い手（戦闘者）の歴史は、「国家の軍隊の時代」、「私的武力の時代」、そして再び「国家の軍隊」と三度にわたり姿を変えてきた（現在の自衛隊を除く）。

「軍人」とは国家の正規軍でありプロの集団である。一方、兵士は戦争の為に集められた戦闘員の総称である。

丹平に言えば、軍人は上級下士官で幹部とその候補生である。兵士は兵隊とも呼ばれ、戦地で直接に流血を凌ぎあう中・下級の兵士たちと思って差しつかえない。多少の異論のあるは承知して定義しておく。

明治六年（一八七三）徴兵制が始まる。それまでは「大名の藩兵」といわれ、禄高と立場にもよるがこれは「志願兵」といわれる一面もあり、心の準備はするが、常に戦闘訓練を強要されていたわけではない。「有事、又は、ことあれば馳せ参じる」ということである。それは武士としての「奉公」であり忠義であって「命を奉じる」行為であり、武士道の神髄である。この点は既に読者は筆者と共に学習済の知識である。

明治維新の徴兵制により集められた天皇の皇軍は日々、如何に相手国の軍隊を全滅させるかを有事のあるなしに拘らず、国家国民の為に、天皇の指揮管理下に身をおくことを常態とする戦闘部隊である。「兵馬の大権は朕が統ぶる所」となり、列強と言われた欧州国家の如き「大日本帝国」とならんことを国是とし、富国強兵策を公然のものとした。ここで筆者は「富国」も「強兵」の政策も日本国の国家体制として否定するものではない。只、勢いだけで勝算のない戦争に突入することは歴史に学ぶ賢者の姿ではない。

＊明治維新の軍人

西周（にしあまね）の実戦経験、少し話を戻そう。西郷隆盛が率いる西南戦争は明治一〇年（一八七七）。戦果は誰もが知る通り、政府軍の圧勝に終わった。政府軍の中に西周がいた。而（しか）して政府軍は勝利するも、実は大苦戦であった。筆者は偶然にも戦場となった田原坂（熊本県）に何度か通りかかったが、そこには今でも政府軍と西郷軍の往時の戦闘模様の凄さを語る話の中に、双方の弾頭と弾頭がぶつかり合い、落下したものがいまでも畑から採掘されることがあると何度か聞かされた。これ程悲惨な合戦であった事はとても想像できない。西郷隆盛は自刃を覚悟していたが、自刃は西郷のみならず、西郷を慕う士族の全員がその心情を共有して一命を賭（と）した。

その戦い振りは正に最後の武士として、明治政府（主に大久保利通と言われる）に裏切られた西郷先生と共に「死スル之、覚悟」があったと言われているらしいが、ここまで来ると話の中身はほとんど講談の域であろう。

とにかく、西周を紹介する。

文政一二年（一八二九～一八九七）。江戸から明治にかけての啓蒙思想家とある。この人物像は明確でないということである。

この西周の政府軍が西南戦争で苦戦した最大の理由は、「西郷どんト共ニ死ス」の武士道精神による事に尽きる。我が皇軍は敵に勝る武器を持ちながら苦戦するは、政府軍の精神力が不足するところによる。高度の武器を持たせても戦意に劣れば、皇軍の前途は危うい。勢い政府軍は以後において根性論に頼ることになる。皇軍の教本として『葉隠』武士道精神が登場する。西周は戦争において、死を直面視できる武士道こそ大和民族の魂であると強弁した。

富国強兵策を国家の国是として実現するには、近代的な武器を揃えることであるが、一方で如何に優れた武器であってもそれを使用する兵士の精神力に大きく左右されると西周は国家国民の思想を啓蒙したのであろう。その精神はより強固になり『葉隠』を超えた姿に称揚されていく運命にあった。ここから常朝の鍋島『葉隠』は佐賀藩のカントリースピリッツから、大日本帝国の骨太な皇軍の精神にその姿を変えた。そして具体的な指導教材として「軍人勅諭・教育勅語」そして、昭和の敗戦時の東条英機の「戦陣訓」に流れる話であろう。「軍人勅諭」は文字通り、軍人に対する指導教本である。一方の「教育勅語」は日本国民の全部を「現人神（あらひとがみ）（天皇）」に敬意するように全ての日本国民を洗脳することを目的にするものであった。「一億玉砕」・「神州不滅」・「銃後の婦人（消化活動応援の後方部隊）」・「本土決戦」・「火の玉一丸」。全て実態を超えた精神論である。

しかし、本書では常朝の『葉隠』と明治の「武士道精神」は国家の民族ナショナリズムと佐賀藩の地域ナショナリズムであり、共通するところなしとは言わなくても、「皇軍兵」と徳川幕藩体制下の「藩兵」には大差がある。間違いなく常朝の予想を超えるものであることを、知りおかねばならない歴史上の重要な通過点である。この点の詳細は後日、別途の研究として拙著による版本を予想しておこう。

この西周の啓蒙が日清・日露・第二次大戦の軍人の生き方の高揚に貢献したことは否定できない。第二次世界大戦（大東亜戦争）の日本史の解釈は筆者にとって謎めいた解釈が多く、現存される関係者もいよう。彼らにとっては未だ「歴史案件」ではなく、片付けられない生の「政治」問題であり得るし、どのあたりが彷徨っているかわからない。

話は一足飛びに昭和の第二次世界大戦後の時代に移る。

日本の戦後とはどのあたりか。各説あるもここは筆者の経験から始める。筆者は正に終戦の翌年、昭和二一年（一九四六）六月一〇日に生まれた。それから貧乏はしたが農家の為、日々の三食には不足はしなかった。

この時の与党の自由民主党、内閣総理大臣佐藤栄作は「沖縄の返還なくして日本の戦後は終わらない」と名言を国会演説で発し、ついに昭和四七年（一九七二）に沖縄は米国から返還された。所謂「沖縄本土復帰」と国民は騒いだ。正直なところ筆者はそれほどに感激はしなかった。筆者には戦後の歴史が理解できていなかった。わかっていたのは「日本は二度と戦争をしない国」という言葉だけであり、日本と国民を守る「自衛隊」はそれで充分であった。筆者はその時二六歳である、社会人四年生。ざっくりとその頃の社会背景を読者の皆さんに知らせておきたい。

世相は既に「平和」と「バブル景気」の入り口であった。巷の声。「巨人・大鵬・卵焼き」。TVCMは小川ローザの石油販売の〝おおモーレツ〟や時任三郎の栄養ドリンク〝二四時間戦えますか〟が日本全土に鳴りわたった。本題の入り口まできて不謹慎であろうが、筆者も小川ローザのCMを楽しみにしていた。俗に言われる「ミーハー族」のひとりであった。三島由紀夫はこの時代とそれ程遠くない時代、一九七〇年(沖縄返還の二年前、返還調印の年)に割腹自決している。第二章の締め括りとして、種村完司の『葉隠』評を紹介する。筆者が種村本「『葉隠』の研究」を用意するのは、その文意の解釈もあるが、この書が、最も最新の『葉隠』研究本(二〇一八年)であることと筆者と同年であることによる、時代や社会背景に対する感性の共通する部分を垣間見た。それ以上の意図はないが、民主主義体制に於ける三島由紀夫の皇国主義をそれなりに理解できるものと、勝手に解釈している。この判断に種村完司の同意が得られなければ、お詫びをしながらでの引用をさせて頂く。

同本三〇七頁より。

曰く、『葉隠』を解釈するにあたって、時代的制約もあれば、地域的制約もある。倫理・思想での成約もあれば、作者の身分上の制約もある。これらに着目すると、この書から普遍性を持つ思想や価値観を引き出すことには、躊躇さえ感ずると控えめながら、的確にまとめている。筆者も全く同感である。カントリーブックの常朝『葉隠』に日本民族の魂だとか、武士道だとかの解釈で深読みをさせるところに、先行学者の保身的自己満足がある。筆者は浅学、管見を承知で書き入れているが、行き過ぎたところについては、異論をもってご指導を頂きたい。

常朝は多数の極論をもって教訓しているが、如何なる時代に於いても、ひとそれぞれの生き様がある。常朝の教訓から最も自分が得心できる立場で、遅れを取らない速やかな行動を取り、その結果が「死」であっても武士は「言い訳をすべきではないという覚悟を持つべし」ということである。自決であろうと、打ち首であろうと死ねば当人は弁明する余地はない。弁明は残された遺族の胸にある。それは現世でも戦国でも変わりはない。そこに「哲学」とか「逆説」の文字は不要であろう。洞察力に不足する人ほど、世の中の現象が不可解な「哲学」に見えよう。

＊ここまで筆者と読者は常朝『葉隠』と対峙して、先行学者とは異なる立場で学習してきた。即ち、戦国末期から徳川幕藩体制そして明治時代までの歴史学的経緯を、努めて日本史学の対象として『葉隠』を捉えてきたことはご理解いただけると思う。そしてここから先は、今までの立ち位置を少し横に置いて、文学・皇学者である三島由紀夫と近い立場に近寄り、改めて『葉隠』に接していきたい。読者も『葉隠』を時には文学者の如く、情熱をもった視線を備えて、本書の後半に進めていくことに準備されたい。

第三章　三島由紀夫の「葉隠」入門

三島由紀夫の得意とする、皇国主義を理解する為に本章に入る前に一文を紹介したい。福沢諭吉の「帝室論」とは帝室（天子、天皇の一家・皇室）は政治社外のものなりとある。この解釈はややこしい。皇室は「一般政治」に関わらないともとれるし、他方では具体的な国政の上に存在し、君臨するものともとれる（筆者異論あり）。

現行の日本国憲法は第四条で「天皇は（中略）国政に関する権能を有しない」と明確。しかし一方で諭吉の説く帝室論は「皇室は政治にかかわってはならないという意味ではなく、政治と皇室は別物と考え、政治とかかわらない皇室は「万能を統ぶる」存在であり「万機の政治事を司る存在ではない」と詳細している。

筆者は諭吉の「帝室論」を、時代を超えて判断する器量はないが、この諭吉論の延長線上に三島由紀夫の「楯の会」と自衛隊の「皇軍」化の願望と期待があったものと詮索する。この三島由紀夫の再びの「大日本帝国概念」は自らの「葉隠研究」と徴兵検査不合格や、師匠川端康成との確執などが、「割腹自決事件」に少なからず関わりがなかったかと思いを巡らす。これから読者と共に考察をしよう。

第一節　三島由紀夫を探索する

三島由紀夫大正一四年（一九二五～一九七〇）。肩書をみよう。小説家・劇作家・随筆家・評論家・政治活動家・ボディビルダー・皇国主義者とある。驚くべき才能の持ち主である。

筆者は『葉隠』については見識を持つが、三島由紀夫に特別に詳しくはない。従って先入観を置かないために、本書の執筆にまず必要な情報を得ていくことにする。

＊三島由紀夫年表

元号	西暦	摘要
大正一四	一九二五	三島由紀夫　東京都新宿区に生まれる。生来、脆弱に付きあだな「アオジロ」。
昭和一六	一九四一	一二月八日　日本真珠湾攻撃　第二次世界大戦突入
昭和一八	一九四三	一〇月一五日、　学徒出陣（法政大学壮行会、文科系学部先行）。
昭和一九	一九四四	三島由紀夫、岡山県の徴兵検査に乙種合格するも、その後、風邪罹患し

		軍医診断ミスし（肺浸潤（はいしんじゅん））で帰京し、不合格の判定。兵役ならず。
昭和二〇	一九四五	八月二〇日、ポツダム宣言受託　日本国の敗戦。　三百三十万人戦死す。
昭和二二	一九四七	三島由紀夫　東京大学法律学科卒。
昭和同年	一九四七	三島由紀夫　このころに山本常朝の『葉隠』に遭遇し嵌まる。（確定史料無）。
昭和二三	一九四八	全学連（全国学生自治会総連合の通称）設立される。初代委員長　武井昭夫。
昭和二四	一九四九	三島由紀夫「仮面の告白」に於いて同性愛（衆道）の世界を語る内容の本を出版する。
昭和三三	一九五八	川端康成の媒酌で結婚　師弟関係にあり、視界良好。
昭和四〇	一九六五	日本経済　「昭和元禄」絶好調
昭和四二	一九六七	光文社より「『葉隠』入門」を刊行する。同年四月一二日自衛隊体験入隊三回に分けて四六日間体験入隊　『美しい死』発刊。
昭和四三	一九六八	一〇月一七日、川端康成　ノーベル文学賞受賞代表作『雪国』『踊り子』。
昭和同年	一九六八	三島由紀夫「楯の会」結成、同会の隊長に就任。
昭和四五	一九七〇	三月一五日　大坂万博開催。「人類の進歩と平和」をテーマに「太陽の塔」作製。日本の平和と理念と先端の技術をみせることに成功。
昭和同年	一九七〇	**同年一一月二五日　午前一〇時五八分から午後〇時二〇分頃。自衛隊自衛隊市ヶ谷駐屯地のバルコニーにて、憲法改正による「自衛隊の日本国天皇のための皇軍化」決起呼びかけ、アジテイトするも同意得られず、三島同日、割腹自決す。**

昭和四六	一九七一	日本赤軍派　設立　代表　重信房子・奥平剛士。
昭和四七	一九七二	川端康成　ガス自殺。遺書はなし。
昭和同年	一九七二	五月一五日、沖縄返還本土復帰　日本の戦後は終焉するとの世評。
昭和同年	一九七二	グアム島より　横井庄一伍長　日本に帰還す。

（右記の年表は筆者と読者の学習の為に筆者源田京一の作成によるものであり、多少の誤認識があるやもしれないが、そのときは即座に訂正をするもの。）

＊三島の周辺を知る

「楯の会」　設立目的　祖国日本国の防衛隊　昭和四三年（一九六八）東京銀座八丁目に設立。これは三島割腹自決の〈二年前〉の開設である。

楯(たて)の会とは間接侵略に備えるための民間防衛組織（民兵）として三島が結成した軍隊的な集団。前進組の織名は「祖国防衛隊(そこくぼうえいたい)」で日本の文化と伝統を「剣」で死守する有志市民の戦士共同体として組織されたもの。この表現については筆者に論評できる程の知識はないが、一見して高学歴の組織構成員である。昭和・平成の異端組織の共通点であるエリート集団（三島によって選ばれた）である。

近年「私には守りたい日本がある」といった声が「日本会議」に所属の政治家の一部

にある。民主主義が日本の良き伝統をダメにしているとか、男女平等のあり方には賛同できないという発言もあるようであるが筆者は馴染めない。そこは読者の好きに解釈されたい。

「楯の会」と「日本会議」が同門かどうかは知らないがどこか主張が似ているような気がする。表現の自由でありそこには問題ないだろう。

＊我らの手作り年表を見よう。少し横道にはいるが、筆者もその時代に生きたから社会背景が理解出来ている。この時代は学生運動が盛んであった。民青・全学連・日本赤軍派など並ぶが往時の学生から社会人になり立てである。日々優秀なサラリーマンを目指していた筆者は、表面的な政治行動に関心がなかった。街角で拡声器からのアジテイト演説も一般通行人は急ぐ足を止めなかった。その論調はどれも平たんで、一本調子の我田引水理論による政府批難。陰で練習させられてきた同一話法に聞こえた。彼らからみたら筆者たちは、ノンポリ、無関心集団といわれていた。酷評はこれぐらいにしておく。わかり易く言えば、彼らの攻撃的演説集団はあまり受けのよいものではなかった。これは筆者の感想でしかないから、ひとつの社会現象としてうまく想像して欲しい。ついで話であるが筆者の営業成績はいつも下方の定位置であった。

ここで「楯の会」を持ち出したのは、意志の強い極右的集団という特色で三島の心情を理解するに欠かせない組織であったことを理解して頂きたい意味である。昭和二二年ころに、三島は『葉隠』に遭遇してから、昭和四十五年の「自決」の断行までの十五年間を年表でしっかりと確認しておきたい。その行動は性急であり、筆者は「三島由紀夫は短慮なスプリンター」とみていたが、少し違ってきた。「自己陶酔型」ではあるが熟慮した「結果の短慮」である。ここは常朝と異なるところであろう。言うなれば常朝は「自己陶酔型」の「過剰（無意味な）熟慮」である。

筆者も矛盾した表現であることは承知しているが、この表現が既に「葉隠」の解釈を困難にしている。この点は筆者も全くにして、言い訳できない。常朝も三島も「自己顕示欲」が強い。しかも周囲を巻き込む影響が大きい。この強い個性は常朝の『葉隠』一三五〇の全編に出ているが、三島は市ヶ谷の自衛隊に対する「アジテイト」の演説に出ている。しかしそこは主義主張を業とする者の武器であり、欠くべからざる長所として同調しておきたい。

◉自衛隊　市ヶ谷駐屯地に於ける三島演説についてその概要を紹介する

そのアジテイトの趣旨（午前一〇時五八分から午後〇時二〇分頃）、筆者の入手資料による。音声を文字に起こしてある資料であるため、完全なものと見る。このような録音が用意できると言うことは、この「三島事件」は何らかのルートでメディアは事前に入手できていたと推測される。即ち「三島事件」は事件であるが予定された公開ショーであったことは「歴史としての史料」として扱われなくてはいけない。いわば結果を予想した「三島の確信犯」として考察されるべき案件であり、週刊誌で芸能ゴシップとして扱われていること自体が既に学術とは大きく距離をおく事件である。同情すべきもの。三島の望んだであろう英雄としての歴史的大事件の扱いではない。ここから筆者は読者に立ち位置を変えて解説することになる。

① 音声を文字におこしてみる。三島はまず第一声に於いて「静聴（せいちょう）せよ、静聴、静聴せい、静聴せい」の連呼から始まっている。これは、市ヶ谷駐屯地の自衛隊員が三島の話を政治的発言として評価せず「静聴」しなかったのか、話の内容が聞こえなくて騒いだのかわからない。しかしどちらにしても広場にそれなりの隊員、一〇〇〇人が集合したことは三島の行動や存在を事前に承知していたことは間違いない。

② 「静聴せよ」の現場では三島は自衛隊員から「ヤジ」られていたという文面が多く

ある。ここらあたりの事情を三島講演に入る前に、筆者は読者と共有しておかないといけない。

現在の我らの立ち位置を確認したい。常朝の『葉隠』は、江戸学中期の徳川吉宗時代であった。それが今、明治維新、新渡戸稲造の武士道から、現在は近・現代の歴史学・哲学に姿を変えた『葉隠』の場面にワープしてきていることをきちんと自覚しなければ、この時代の変化についていけない。

ここは昭和時代のバブル期の入り口であったことは既に共有した下知識である。「巨人・大鵬・卵焼き」の世代であること。この三年前に三島は自衛隊に幹部候補生の訓練生として体験入隊を四五日間に渡り、歩兵訓練から銃砲の射撃訓練もしている、いわば自衛隊の「特待生」であったことは輪郭として押さえよう。そしてこの時、三島は既に常朝に遭遇し『葉隠』に入門していたことを知らねば、彼の行動に疑問しかわかないであろう。再び三島講演の内容に触れる。

③「おまえら、聞け。静かにせい。静かにせい。話を聞け。男一匹が命をかけて諸君に訴えているんだぞ。いいかそれがだ、今、日本人がだ、ここでもって立ち上がらねば、自衛隊がたちあがらなきゃ、憲法改正ってものはないんだよ。諸君は永久にだね、ただ

アメリカの軍隊になってしまうんだぞ（中略）おれは4年待ったんだ。自衛隊が立ち上がる日を。……4年待ったんだ、……最期の30分に……待っているんだよ。諸君は武士だろう。武士ならば自分を否定する憲法をどうして守るんだ。どうして自分を否定する憲法のために、自分らを否定する憲法にぺこぺこするんだ。これがある限り、諸君たちは永久に救われんのだぞ。……（以下略）。

これが三島の論旨である。この段階では一般の街頭演説と何ら変わりない、一方通行の走り声である。

むろんこれだけで彼の心底を推量するのは無理である。こんな感じの三島講演が現役の自衛隊員に受け入れられなくて、野次られて講演を中断し割腹自決したということ、以外の詳細は本書では語るその余地もない。あまりにも凝り固まった思想の蛮行であり、正面から只，批難するだけでは三島の心底をうまく解説は出来ない。しかし読者の理解の一助にはなるとは思う。

この先は「NHKクローズアップ現代」で語られた、事実のみを後節において紹介する。そこには三島の人となりと川端康成とのノーベル文学賞を挟んだ証言がされている。それは三島紀夫の「『葉隠』入門」に我らが共に入門して、三島の「葉隠」に掛かる解釈のあり方を学習してからとする。才人の三島を凡人の我らが共に論じてみよう。

第二節　三島由紀夫が自身で選んだ唯一の読本　山本常朝『葉隠』の魔力

三島は昭和二一～二二年、終戦後間もなく、二二歳頃に『葉隠』に遭遇している（確定できる文書なしにつき、三島の自筆本の文脈より推察）。

社会背景は既に前節で詳細してきた。得心の出来ない箇所は三島年表に戻り確認をしよう。「三島事件」は戦後、二十五年の間に全て起きたことである。よく前後を確認していかないとスプリンター三島由紀夫の文学的感性と何故かの行動が理解できない。

三島が『葉隠』に出合い、一読してどのような衝動と決断に襲われたかを突き止めたい。三島が『葉隠』の愛読者になって「割腹自決」を決断した道程を知らないと、我らも三島の「『葉隠』入門」に入門したことにならない。

少し長いが、三島の自筆本である「葉隠入門」から引用する。いままで我々は「三島事件」を歴史学上の案件として解釈してきた。ここでは読者に三島の文学感性を直接読み取ってもらいたい。そこから「三島事件」の違った姿が見えるかもしれない。

＊「葉隠入門」三島由紀夫〈新潮文庫昭和五八年度版、初版は光文社昭和四二年度〉プロローグ「葉隠」とわたしから。

初版時は三島自決の〈三年前〉に書かれた本である。読者は自決前と日本国を皇軍として、再軍備させるクーデター計画実行の進行前であるから、ここはしっかりと押さえよう。重要な文節であるために太文字で表示してみる。

㋑三島本文中（八頁より）。

「ここにひとつ残る本がある。それこそ山本常朝の「葉隠」である。戦争中（第二次世界大戦）から読みだして、いつも自分の机の周辺に置き、以後二十数年間、折に触れてある頁を読んで感銘を新たにした本といえば、おそらく「葉隠」一冊であろう。わけても「葉隠」は、それが非常に流行し、かつ世間から必読の書のように強制されていた戦争時代が終わったあとで、かえってわたしの中で光を放ちだした」（中略）。

〔解説〕

ここに、三島は「戦争中から」と書き入れているがこれは、三島の後述の「二〇数年」の表記と合致しない。寧ろ明らかに敗戦後に読み始めたものであろう。その方が以後の繋がりがよい。弾みで出た表現であろうから、われらが止まるところではない。しかし、この表現は歴史学的実証主義に基づけば、重要な考察の対象とすべきである。次にいこう。

・ここは何でもないように思えるところであるが、三島自ら、敗戦後の「昭和」の日本を「葉隠」を熟読してより、充分、察知予測していた。しかるに三島が予測する通りの戦後三十年（凡そこの時代の意）のだらしない姿の日本国（三島予測からみた）を、憂うが如き表現をしている。山本常朝の語り口に酷似している。筆者の歴史学的実証主義からみると情緒的な表現であるから、意図的に膨らませたものに見えてしまう三島の顕示欲の現れではないか。三島が「葉隠」に浸透していく、自分を凛々しい日本男子として描写は幾分の誇大感はあっても鮮明である。

㋺三島本文中（九頁より）。

「そして戦争中から戦後にかけて一貫する自分の最後のよりどころは、なんであろうかと考えた。それはマルクスの「資本論」でもなく、また教育勅語でもなかった。その一貫するわたしを支える本こそ、わたしのモラルのもととなり、同時にわたしの独自の青春をまるごと是認するものでなければならなかった」（中略）。

〔解説〕

「戦中から戦後にかけて一貫する自分の最後のよりどころは」。この表現の解釈も凡人には難しい。

・一般的には戦前の「大日本帝国と、敗戦後のニッポン」に於ける価値観は大きく変化している。世界の見識は日本の復活はないと見ていたのが大勢であった。

その頃の大学卒の初任給は三万円が相場であり、二年後には四万円を超していた。敗戦の傷は癒されつつあった。マイカーも自動車免許の取得も全く普通のことであった。戦前の文化と価値観をたやすく比較できるものではないと思うが読者の見方はどうであろう。

確かに三島が「葉隠」と遭遇した時代は戦後の貧困であったから、そんな感想もよいであろうが、三島本初版の昭和四二年頃の社会認識は真っ暗であったのか。否、そんなことはない。筆者はこの時代を充分味わってきた。これも文学特有の情緒的表現であろう。この表現や時代観察の書きようは、文学、小説の誇大表現であろう。歴史学ではそのように捉えていない。今の時代はネットで如何様にも検索して誰でも認識できる。この〈三年後〉に三島はクーデターを呼びかけようとしていた。まるで二・二六事件の主役の将校気取りであった。

ここでの問題は、天才と言われた三島が、その時代をその程度の把握で気取って俳優をしたり、「葉隠」の現代版「衆道」を理解し、ホモセクシアルを実践していたことを英雄として、今日まで評論している自称「文学識者」の向学姿勢に不満が残る。三島の文学は素晴らしいかもしれないが、政治家のマネをした行動は、「三島葉隠」としては狂気の沙汰でしかない。そこには文学者・作家の隠れ蓑（かくれみの）は不要であるし、擁護は全く不要であろう。日本国があっての日本文学であろう。才人三島を英雄にして語る要件は何処にもない。山本常朝が吉田兼好や西行を切り捨てたように、「三島葉隠」をバッサリ切り捨てる先行学者があっても良い。本当に三島文学が川端康成を超えるものであるなら、受賞から落ちてからも自然に本物の『葉隠』がごとく、ノーベル文学賞でなくても、いつかは日本人の手で光を放つ時が来るであろう。ここは読者に筆者の考えを継承して頂きたい。

・世はバブル初期。三島も人気作家、俳優、監督などスーパースターとして、芸能界に君臨していたように、新聞グラビアに大きくその姿を見せている。そこには「三島事件」を予想させる姿は微塵も見せていない。

・シスターボーイと呼ばれたシャンソン歌手との出会いは、今でも放映される今日に於いて、「最後のよりどころ」が『葉隠』であったとは、意外と言うよりも全く思慮の外であり、お手上げである。多芸の三島が時には一時、芸能人扱いであってもそこは何ら不都合はない。その点では三島は「平成・令和」の時代を見越していたといえる。才人の慧眼であろう。ならば常朝が『葉隠』の道中で、兼好や井原西鶴、楠正成を切り捨てないで三島の文才で「古典芸能」として世界に大きく伝えて欲しい。

三島の「自刃」は褒めるところがない。生きて三島文学を世界に拡大する選択肢はなかったのか。三島とすれば、既に世界には充分に知れ渡ってしまったので（既に著名人と言う自覚）、継承する役目はないということであろうか。四十五歳で早くも生きる目的を見失ってしまっている。そんな評価は凡人の狭量のせいかもしれないが、皆さんはどうであろう。

㈧三島本文中（一〇頁より）。

『葉隠』はこのあらゆる要請にこたえていた。なぜなら、当時この一冊の本は、戦時中にもてはやされたあらゆる本と同様に、大ざっぱに荒縄でひっくくられて、ごみだめの中にすてられた、というべき醜悪な、忘れられるべき汚らしい本のひとつと考えられていたからである。かくて『葉隠』は時代の闇の中で、初めてその本当の光を放ち出した（中略）。

〔解説〕

・敗戦により、世界の視線は「日本国土は再起不可能」で一致していたことは前述して触れた。その焼け跡から奇跡が如く立ち上がった日本人の勤勉とニッポン武士道の「死に狂い」の根性に世界は驚嘆したと思う。日本人は栄養ドリンクを飲んで、「二四時間戦えますか」のCMに乗り、貧困と復興にチャレンジをして世界に奇跡を見せた。その驚嘆のひとつに三島文学が貢献したとすれば、当然の評価であろう。

ＴＶ中心の芸能は欧米のマネをすればよい。それで「巨人・大鵬・卵焼き」と「プロレス力道山」のＴＶ放映で日本国民は充分に納得してきた。どこも暗くはない。三島は日本の何処に不安を感じたのか。小説の題材ならばそれでよい。しかし、自刃は褒められない。人間宣言をした昭和天皇はどんな気持であっただろうか。三島にすれば平凡で、退屈な日々であったのであろう。いたずらで買い求めた愛刀「関の孫六」であったのか。それとも既に自決の覚悟を決めていたのか。

・筆者は三島には確信があったとみる。

川端康成ノーベル文学賞受賞の二年後の昭和四十五年の三月十五日に、日本初の大阪国際万博が開催された。三島事件は同年十一月二十五日に決行されている。これは偶然ではなく、三島による世界に「サムライニッポン」を掲示する為の三島流のデモストレイションではなかったかと、何処か悲痛な心の叫びを感じてしまう。日本国の高揚のために「ニッポンのミシマ」の存在と生き様を、世界に誇示したかったのではないか。他方で死に遅れた同朋の学徒出陣の友を追った常朝『葉隠』の実践であったと見てやりたい。こんな筆者の稚拙な感動に読者は納得されないだろうが、昭和の人間として、ここらあたりの解釈だけは寄り添ってやりたい。

・「沖縄返還」で日本の戦後は終わったと宣告し、佐藤栄作総理大臣はノーベル平和賞を頂戴した。そんな浮かれた世の時代に葉隠の心底を読み取り、日本の将来はかくあるべしという三島の視線は慧眼（けいがん）に値する。ニッポンに三島文学あり。このときの沖縄返還は、「三島事件」の〈二年後〉のことであり、三島事件はすでに時代に流され、感傷の彼方になり、一顧だにされてない。それは「三島事件」は既に戦後、過去の事件となっていたためであろう。

「ごみだめ」に廃棄物処理されていった本と同じ扱いという表現は皇国主義者の三島ら

しい表現で、他の一般的な作家では扱えない表現であろう。三島にとって掛け替えられた「葉隠」への入門となっていく様子がわかるが、読者はどうであろう。

常朝も三島に感謝すべきところである。この出合いがなければ間違いなく、『葉隠』と常朝は今頃どこかの書庫で埃(ほこり)にまみれていよう。

(二)三島本文中(一四頁より)。

「わたしの(常朝)『葉隠』に対する考えは、今もこれから多くを出ていない。むしろこれを書いたときに、はじめて『葉隠』がわたしの中ではっきり固まり、以後は(三島)「葉隠」を生き、「葉隠」を実践することに、情熱を注ぎだした、といえるであろう。つまり、ますます深く、『葉隠』にとりつかれることになったのである」。(以下略)

〔解説〕

・この例示文はどのような解説をしてよいか分からない。文章どおりである。三島は「葉隠」の陥穽に嵌まってしまった歓喜の姿にしか見えないが、少し筆者の所見を入れる。

三島がここで「葉隠」に生き、「葉隠」を実践することに注ぎだした……とその意気込みを書いているが、筆者には三島の実践が出来たとは思えない。三島も戦前の西周とまで言わないが皇国主義者、作家として極めて都合のよい『葉隠』の一部分だけを取り込んでいるような気がする。その点は段階を踏んで理解されるように展開していく。

㋭三島本文中（一五頁）。

「すなわちその容赦ない鞭により、叱咤により、罵倒により、氷のような美しさによって」。（以下略）

〔解説〕

・三島文学の爆裂表現である。この時代は男性のファッションは女性のファッションを凌駕（りょうが）し、ボディビルダー三島の写真も叛乱していた。筋肉美を示す姿からは、仇名（あだな）であった「アオジロ」は想像できない。完全な自己陶酔である。俳優、舞台、監督と何でもありのスーパースターであったかもしれない。それでも一般的な大衆感覚からみれば、強烈なSMの世界にも見えたと思うが、その時筆者は単なるモーレツ営業に終始しており三島文学を理解するだけの余裕はなかった。どこか白けた興業の予感しかなかった。ここまでが三島と『葉隠』の初めての遭遇に於ける、三島自身の感想である。これについて筆者の感想を小出しにして参加させて頂きたい。

これはあくまで、三島が『葉隠』に遭遇したときの文学者の哲学的インスピレイションを文字におこしたものであろうと解釈する。その三島感性に受けた、筆者のインスピレイションを付けて、丁寧に歴史学と文学的目線の合流できない箇所を考察してみたい。

★現代に生きる「葉隠」

前述からの「三島の『葉隠』入門」の本、一六頁よりこの三島と『葉隠』の遭遇に関して、最後の一文とその観察力を鑑賞しよう。

戦後二十年（昭和四十年頃か）の間に日本の世相はあたかも「葉隠」が予見したかのような形に移り変わっていった。**日本にもはや武士はなく、戦争もなく、経済は復興し、太平ムードはみなぎり、青年たちは退屈していた。**（以下略）

〔解説〕

・ここは注意したい。「戦後二十年頃」と簡単にいっているが、このあと〈四、五年後〉に、三島は割腹自決している。

三島は退屈しのぎに市ヶ谷駐屯地で憲法改正、自衛隊の皇軍化、日米関係からの独立を考え、二・二六事件が如くクーデターを起こそうとしていたということか。もし、日本国が三島の神輿となって担がれて行動を起こしていたら、現在の日本の国体はあり得ない。天皇が元首になれば、「昭和」の後半、「平成」、「令和」の元号もない。どの部分が常朝の『葉隠』が予想した如くなっているのか。三島にも歴史学を学んで欲しかった。『葉隠』の教訓は成功と手柄話ばかりでなく、「逆説の教本」として失敗学も学ばなくてはならないのに乃木希典将軍は別にして、日本国はサムライニッポン・ニッポン武士道と囃（はや）し立て、『葉隠』に成功の秘訣ばかりを求めている。失敗すれば「ごみだめ」行きの本とされていたであろうと三島は確信していた。

常朝や『葉隠』を登場させ、難しい「生きた哲学」と語る程ではない。『葉隠』は「哲学」であるという、一般の凡人には解釈されては宜しくない学者の世界かもしれない。一般国民にとっては武士道は見えない「道」かもしれない。ここは筆者の疑問を見せたが、読者はどんな疑問が湧いたであろうか。疑問がなければ幸いであり、次に進めよう。

◉以下まとめてみる

㋑から㋭までの抽出文の例示は三島が『葉隠』と遭遇することによって、どんな心境となり、割腹自決にいたるまでの必然性が三島文学として発見できるのではないかと期待して探索した。読者の皆さんは幅広い見識でもって三島の心底を読み取ることができたであろうか。

読者と共に確認しよう。大日本帝国は外国との戦争である日清・日露戦争と負けを知らず大国に勝利してきた。その結果、満州・朝鮮半島を手中にして世界に「サムライニッポン」と日章旗を掲げることに成功した。

この極東の勝利大国の民族は何という民族なのか。ルーズベルトは知りたかった。そこで新渡戸稲造が「武士道」を英文で紹介した。ルーズベルトは世界の主要国に発信した。

そこには『葉隠』思想に身をまとった「ニッポン武士道」が世界にデビューした歴史があった。時代は「昭和」となって不敗知らずの「サムライニッポン」は臆するところなく、両手を拡げて世界の列強国と闘った。そして敗けた。この戦いに神風は吹かなかった。

この大敗戦と以前の負けを知らなかった日本国の国民として、焦土と化した大地の復興にある「死にもの狂いの日本」に同じ価値観などあるわけがない。この視点は文学者であろうと、歴史学者であろうと、事実を大きく曲解してはいけない。創造・創作の世界を本分とする文学と雖も、ここで大日本帝国の再創はあり得ない。文学者として執筆するは表現の自由である。しかしその思考が表面化して本棚に並ぶことに学者も国民も毅然としなければいけない。しかし、それは三島本を廃刊せよのことではない。

自由に書けばよいから、我等も自由に反論するべきである。この三島思想を背後にする「三島哲学」の内容に褒めるところは一文もない。自らの才能と自己顕示欲の強さを示している点は文字通り野望ではないか。「三島事件」は大日本帝国と皇軍の再構築というのは単に三島の妄想だと言った論調はない。三島は文学者の立場を忘れ政治家になっている。ならば日本国民の選挙を受けずばなるまい。どうして文学界の重鎮は三島行動を大きく非難しない。高齢な重鎮たちは、「自分たちには徴兵はない」という安心と確信があるのであろう。こんな事であれば有権者は不要ではないか。巷間、今日本は「核」を持つべきであるという意見がある。自民党の高齢者である。戦争は確実に勝てるというなら「やる」という「遮二無二」の葉隠精神の余地もあろう。しかし、「平成・令和」の時代にトランプ米軍でも勝利は確実ではない。中・露・朝鮮半島・そしてイランが同時に銃口を何処に向けるかわからない。三島のアジテイトも常朝の『葉隠』も登場する時間はないだろう。三島礼賛（らいさん）のドナルド・キーンに尋ねてみれば何と言おうか。

三島は才人であっても、歴史から見れば瞬時の生き物。常朝と同じく強い「自己陶酔」

であるとみる。常朝は小心ものである。三島も同様な印象である。そして半面、常朝も三島も強い男の孤独に対する異常なほどの憧憬の念を抱いていたようなところをみる。常朝は『葉隠』に、三島は「割腹自決」にその姿を映したのであろう。

これから本書の最終顛末に向かって学習をするが、これまでの学習で筆者の方向が読み取れない読者の為に、筆者の所見の中間報告をしておきたい。

どんな妄想であっても、楯の会の首領として行動を起こした事実は歴史学だけでなく、文学界でも毅然とすべきで、擁護するならば「表現」の自由を武器に中央突破をする三島「葉隠」に自衛隊が呼応したらなんとなろう。三島の「目立ちたがり、言いたがりの精神」だろう。それでは、世界はニッポン武士道を警戒するだけである。ルーズベルトの新渡戸稲造への賛辞は「大日本帝国」の行動に重大な関心を払えという同盟国への警告である。アングロサクソンに対抗するカラードがいること、それ自体が許せない欧米諸国であろう。寝言に近い自衛隊の皇軍化など許せば、三島由紀夫など「衆道」ながらして歌ってはいられない。ここらのポイントを見逃してはならない。

現在、如何に才智があろうとも絶対勝てる「戦争」はどんな武器を用意してもあり得ない。自説で敗戦した時は「ハラキリ」すれば、咎めなしということは、三島の世界に限られた陳腐な「葉隠」武士道であろう。国の正義を成就する為に下層領民の犠牲は当然ということか。まるで赤軍派のような単発運動である。問題はこんな思想は今でも聞く。しかし、戦後のあの時代に皇軍を再現するという行動に、自衛官ですら同調しなかった。

知識人を自認する者も、一部の政治家も本心は第二次世界大戦は日本が騙されて負けた。うまくやれば勝てたという御し難い連中もいる。筆者の誤解がなければ「日本会議」あたりの「守りたい日本」の実現にはいまさら「葉隠」精神、軍人勅諭もよしなのか。まるで学生運動そのままではないかと思う。

三島は学習院に入学できるほどのエリート一家である。大学は学習院でない。それでも三島は秀才で東京大学に推薦入学した。三島が自ら酔いしれた『葉隠』を三島流の「葉隠」に都合よく改造して、アジテイトするは明治維新の西周に酷似する。筆者には好ましい印象はない。

この第二次世界大戦（大東亜）で日本人は三百万人以上の国民をなくした。えへら、えへらとしてはいられない。街角には「傷痍軍人（しょういぐんじん）」といわれた、義手・義足の帰国者が寄付銭を請うていた。どういう訳か、彼らは人寄せにアコーデオンを弾いていた。とても日本国の若者が退屈するような景色ではない。三島は小説家であり、スターでもあった。外遊も多かったと聞く。筆者のこの書き様は「まとめ」ではなく、単なる三島に対するやっかみに聞こえるかもしれないが、それでもこのあたりの内容は筆者として譲れない。

なお★印からの一文（本書一八〇頁）は小説模様である。三島の一文が必ずしも往時の世評を著しているとは言えない。三島応援隊のエリート集団にとっては「巨人・大鵬・卵焼き」の時代は退屈で眠かったであろうが、筆者の周囲は誰も退屈はしていない。仕事に追われながらもＴＶ文化に納得し、身近な麻雀やパチンコあたりで生きていた。あの時代にクーデターの発想は異端狂気の所業と思うのが普通の感情である。筆者は悪癖が拭いきれず、歴史学の実証主義がチラつき、三島が時代の流れとマッチできなかった孤独な姿にしか捉えられていない。これは筆者が「三島事件」の世相に合流できていなかったということか、それとも三島の思考が何処か遠い山の彼方を彷徨っていたのであろう。しかし、筆者は三島感性を完全に否定するつもりはないが、乱発気味の作品に行き詰まり感は見られる。はっきり言えば三島を取り巻く空気に余裕がない。ただ性格が熟慮型ではなく「直観型」に見える。自己陶酔型であったと見る。筆者のこの所見に当然、反論はあろうから、それは真摯に受けずばなるまい。

◉三島由紀夫の功罪（歴史学的考察）

このタイトルの付けようは深読みされないでおかれたい。ここでの「功罪」とは専門誌「『葉隠研究』」第三四号」の見識を紹介したいための表記で、原題のまゝである。この段階で筆者はまだ三島評論をすることは出来ない。

「葉隠」の悲劇―三島由紀夫の功罪―」　稲田輝明

一、問題に所在（上記の表記は原文まま）

「葉隠」は悲劇の書である。その悲劇性は、口述者である山本常朝から開口一番、読後は追って火中に投ずべしと言明された時に始まる。常朝の厳命にかかわらず、「葉隠」は現在に至るまで生き永らえたのであるが、その間、ネガテイブな社会的評価を受ける機会が少なくなく、その悲劇性は解消されていない。

「葉隠」には、実にいろいろのことが、順序とか体系とかに無関係にいわば雑然と記載されており、しかも、その記載されたことがらが相互に矛盾していることも少なくない。特定の意図を持った者が自己の主張に副う部分だけを拾いだしてきて利益に援用しようとするには、「葉隠」は極めて便利な書物であるといえよう。これは軍国主義に都合よく利用したことを意味している。

二、第二次世界大戦前までの「葉隠」

『葉隠』は、もともと、佐賀藩の武士にあてておくられた山本常朝のメッセージの相手方は限定されていたのである。しかも、（中略）それは本来、極めて狭い範囲のグループの人達を相手方とした書物であったことはその内容を一読すれば明らかである。

ところが、この書物は、幕藩体制が解体して天皇親政の中央集権国家が誕生し、軍国主義化してゆく過程の中で、佐賀藩の藩主と臣下の武士との関係に通用する当初の限定的な枠組みを超えて、天皇と国民一般という最大規模の関係を律する規範として利用されるようになる。

稲田輝明の三島評をもう少し続ける。

（中略）「葉隠」は正に皇国靖国精神発揚の書として位置付けられていたのである。しかも、戦局の悪化に伴い敗色が濃くなるに連れ、「一億玉砕」が説かれるようになると「葉隠」の標榜する「死に狂い」、はあたかもその論拠を提供するかのような様相を呈してくるのであり、ここに、「葉隠」は人々を死に駆り立てる死臭紛々たる「死の哲学書」

となり果てるのであると結論している。

稲田輝明の論評は鋭い書き様である。しかし、稲田輝明の『葉隠』に対する全体の解釈は三島と大きく変わっていないが、三島の学習院、初期教育の段階で「皇国主義」を洗脳されてきたことから、自決に至った精神構造があるような見識をしているが、筆者はそこに敢えて焦点を置かない。

引用の例文がこんな評論になっているのは、「葉隠」専門の歴史学研究書であるからである。そのかわり、ここまで読者と共に学習してきた我らの知識はそれほど的を外れていないことが確認できたことを読者にも少しは納得して頂こう。

ここでは筆者はあくまで三島を東京大学卒と捉えているため、それ以上は傍証意見でしかないとみたい。

常朝と三島の言わんとするところは以下のところである。それは江戸時代の元禄泰平と昭和元禄の泰平に対する「危機感」を共有しているところであると思う。『葉隠』は泰平の世に、安眠をむさぼる江戸中期の世相に対して、常朝は戦国時代の「死」を説くことにより、自堕落な武士ばかりになっていく武士の将来に対して、警鐘を鳴らした。それはそれでよいが、これは常朝の我田引水な警鐘であろう。常朝は自ら人を斬ったことがない「言うだけ番長」、机上の空論である。長い戦国の世が継続して、民百姓（たみひゃくしょう）も殆どの武士も、戦のない平穏な日々を求めていた時代が、すぐそこに来ていたという世評の空気が読めていない。武士は筆とそろばんを手にし、「士大夫（したいふ）」という曖昧ではあるが、それなりの生き方を見出している。常朝のように日々が嘆きであったわけではない。

　三島の昭和元禄に対する危機感も大きく的を外していた。昭和のその時代は輸出大国日本として経済競争に焦点を置いていた。三島に「巨人・大鵬・卵焼き」の世相が低俗な空気を感じさせてしまったのか。それとも、筆者のここらの例え方が既に低俗であろうなら、先行学者にも読者にもお詫びしなければならない。

　合戦に出た武士たちは勝ち取った相手の武将の首を切り取り、持ち帰る。勝利首である。これに対して勇気ある武将は、自分が討ち死にしたときは、自らの首を敵方に獲られることなく持ち帰るように言い聞かせている。そしてどうしても敵方に渡りそうなときは、「我が首と顔を殺（そ）げ」と命じる。これは敵方に自分の身分が解れば、一族の恥となることを防ぐ手段である。それが戦国時代の戦の鉄則であった。その時の家臣たちの心境はいかがであろうか。ここは感傷的になるところではない。こと戦争になれば何でもありになる。諸法度も糞もない。当然、国際法も何もない。こうなれば国際法と言う空手形で命は守れない。三島はわかっていようか。自らの命を「男一匹、いのちを掛けて」と言いたがるが、三島の命も隣人の命も天皇の命も重みは同じという「昭和」の空気が読めていない。銀座でシスターボーイを集めて筋肉自慢で解散するだけでよい。三島に国家を憂うだけの素養がない。この評は筆者だけの意見でよいが、読者の忌憚のない批評を待ちたい。読者に再度確認をしておく。三島クーデターが成功していたら、「平成」も「令和」もない。世界の銃口は日本に向けられ、何でもする「サムライジャパン」、何でもできる「サムライジャパン」を恐れるであろう。

いま中東で恐れられている、「自爆テロ」は日本の専売特許であった「神風特攻隊」の姿そのものである。彼らの手にする武器は違うが、それを操る兵隊は既に命は捨てる覚悟をもって、日々鍛錬を重ねた兵士である。そこは特別な「覚悟」をしている現実の戦場である。そこと三島の事件をおなじ目線では語れない。

三島が縦の会を結成した（昭和四三年）後の流れを見てみよう。

三島は万博の年に「三島事件」を起こしている。何故にここで決起した必要性が筆者にもわからない。巷間語られるのは、日米安保体制により日本が米国の属国となることを危惧する決死の行動という説がある。何れにしても、大阪万博に示した経済大国ニッポンと岡本太郎の太陽の塔の余韻を借りて、三島の無念と名声を高唱したのであろうか。往時の社会背景を読者にも踏んで頂きたい。

その時代のニッポンは、国をあげて大阪万博の成功。目指せ、経済大国日本。世界に大きな衝撃を与えたといわれた「ソニーのウォークマン」。世界に名を知らしめた、松下電器のテレビとコメディアン坊屋三郎の「パナカラー・クリントリクス」のCMは家庭に日本の技術と笑いを届けた。日本国の目指すところは輸出大国ニッポンであった。三島が不安視するような、退屈な空気の「ニッポン」などどこにもない。世は正にバブル景気の入り口であった。頑張った筆者の給料は入社時の四倍になっていた。

今、日本では二〇二〇年、東京オリンピック待望の時であり、戦後ではない。筆者もそこに異論はない。しかし、沖縄にはいまだに戦後を忘却できないひとたちもいる。勝てない戦争はすべきでない。しかし、絶対勝てる戦争もない。戦争は人類に悲劇しか残さない。

ある自称人格者がいう。「三島の一部をとって、あれこれ批判するひとがいるが、私はそんなやつは大嫌いだ」と言っている。これも表現の自由であるが、唯、言うだけならば、常朝、三島そして世間にも相手にされない。筆者はこんな自称人格者には全く同意しない。常朝も三島も命をかけた。そこには不退転の決意がある。誉められはしないことではあるが、そこは理解しないといけない男の矜持である。

種村完司はいう。三島には「死」をタブー視し、安隠な日常生活を惰性的に送っている、弛緩性した精神状態のことであろう。それ故「病いからの癒し」とは絶えず自覚的に死と向き合うことによって、惰性と弛緩を脱却することにほかならない。（中略）自由の行使は死の選択と結び付けてしか理解できない、というのが彼の根本思想である（種村完司の見た三島評の抄文）。

確かに、三島の頑な、一分（面目）に真実はあるとは思う。知識人であり、今は一線を退かれた高齢者に、今の日本人は本当に「茹で蛙状態」であるという鋭い世評を聞く。単に若者たちの表面だけを見れば、筆者もその「茹で蛙状態」の現象を感じてしまうから、率直にそこは同意したい。

野暮な解説になるかもしれないが、ここは丁寧にいく。「茹で蛙」とは「先人たちが築き上げた平穏で、世界一安全な、資本主義社会（日本国）において、社会主義を実践した唯一の国（GDP世界第二位、犯罪の少ない、飢えのない、国民皆保険加入、平等な社会制度）として称賛されたニッポン。先人たちの築き上げた、世界の優等な先進国と言える状態に酔いしれ、先人たちの恩恵を忘れ、当然が如く惰性で生きる若者たちは、徐々に悪化していく日本の実態を知らないでいる。気がついた時には既に遅く、回復不能状態になってしまうことを心配する。鍋に入れた蛙は急激な温度の上昇には気絶して死ぬが、徐々に温度を上げる場合にはかなり平然としているものらしい。これ等の現象を平成の時代には中国、韓国の発展に密かに恐れ戦く、経営者が多い。これは比較的高齢者の若者に対する風圧的見識である。筆者もその見方には殆ど賛成であるが、成功体験を自慢にして後進に道を譲りたがらない傲慢なひとたちも、反省しないといけない。「人生一〇〇年」という慶事の言葉はそういう高齢のひとたちだけに用意されたわけではないことを、国民と読者は自覚をもって捉えておかねばならない。

第二節は長くなってしまったから、少し振りかえっておきたい。

三島が大隈重信をして「奇異なる書」と言った常朝の『葉隠』のどんな文章とその背後、行間の意味を汲み取り、どんな心情で決起した「三島事件」かの説明に紙面を多用した。

歴史学案件と政治性も含んだ小説家の信念による行動の「三島事件」の概要だけは理解しておきたい。読者の感想はいろいろであってよいし、当然、筆者の考えに同調される必要は全くない。「昭和、平成、令和」の時代の流れと、三島流の「死」の裏にある「生」の文意を汲み取れる読者になれば、先行学者の難しい常朝の『葉隠』見識の理解はまたの機会でよいのではないかと思う。高名な学者の名前を併記しておこう。

・和辻哲郎、吉川哲史、奈良本辰也、相良亨、丸山眞男（その他多数、順不同）。

上記の専門書に手が届くようになれば、読者は既にかなり『葉隠』の上級者であろう。正直に言う。やたら難しい書き様の書もある。その人達たちは読み手にとって理解させようという意図をあまり考慮している様子はない。そこ等あたりは拙著と目的が違うから致し方ないが、『葉隠』に対する理解は多義、多様にわかれている。

読者は原文の翻刻版を覗くことから始めて、まずその一文を捉えてから、次に進む方が良い。あれやこれやと揺れると、『葉隠』のどの辺をうろついているのか、彷徨う、ただの物知り者に終わってしまう。注意しよう。

筆者は、三島は天才スプリンターではあるが、常朝に酷似した「三つの葛藤を背負った」経歴を持ち合わせていたことによるところが、大きく影響していると見る。第三節はそこに注力しよう。

第三節　三島由紀夫、『葉隠』の確信はどこにあった　酷似した常朝と三島の立場

＊三島由紀夫が背負った三つの葛藤　その一

『葉隠』の文中に常朝が、父親、七十歳の時に生まれた。姉が四人いる兄弟姉妹の次男末子として生まれたことは、すでに紹介した。長男の存在とその立場の詳細は愚見集にもないが問題はそこではない。常朝は若き日には常朝（つねとも）とよばれていた末子。脆弱に生まれつき、実の親から武士にそぐわぬ子供と見られ、「塩やの奉公人」にでもしようといわれて成長した。今の世なれば子育て放棄というようなもの。鍋島小城（おぎ）支藩の家老より才あり、稚児・小姓にして登城さすべしと言われて救われたことも前述した。

問題は「脆弱に生まれてサムライに向かぬ性」と言われていたが、宿命として「サムライ」になったことである。戦国の時代に体力を求められない武士はいない。ひ弱な体に生まれた常朝の心境は如何にあったか。

戦国時代の文官職という武士の存在と処遇は、江戸時代も三代家光の頃は、官僚組織が出来あがり、朱子学を基本としていたことは思い出して頂きたい。常朝は天下泰平の

世が、武士を堕落させ、いざ闘いとなればなんとすればの思い強く、『葉隠』の執筆に至ったのであろう。この危機感は二〇〇〇年を超えて、そのまま、三島にも届いていたことは両者に共通する武士道執念の凄さは実感として捉えよう。和文のリテラシーであり、表意文字の味わいである。

表音文字はその言葉だけでは充分に表し切れない部分を、自分の手足のややオーバーなアクション（ボディ・ランゲージ）で表現する傾向にある。

ここで筆者は表音文字と表意文字の優劣を示したつもりはない。新渡戸稲造の武士道論のところではルーズベルトが「ニッポン武士道」を充分に理解できたかという点に疑義を唱えたことは事実であるが、文化の違いを強調したかったに過ぎない。

話がそれてしまったから、三島の生い立ちに戻る。

三島も「アオジロ」の名を持つ脆弱な様子の青年。徴兵検査第二乙種合格はしたものの更に風邪熱で帰京を命じられ合格ならず、三島も「皇国の軍人」になれなかった。この時代考証は重要である。学徒出陣の後、日本軍による真珠湾攻撃が開始され、大東亜戦争から第二次世界大戦の様相になっていく運命に傾きつつある日本。

三島は一九歳数か月で徴兵検査を受けている。日本軍の戦況は悪く、これ以後の出征は帰還ならずの覚悟の日本軍兵士である。

三島の両親、祖父母はこの徴兵検査不合格の知らせを喜んだと言われている。当然な喜びである。高官エリート一族にはこの戦争が勝ち目のないものであることの情報は充分に得られたことであろうし、見識ある者は探知できる範囲でもあった。床の間に祀る神様も、このたびは神風も吹かないと断言していたであろうか。毎朝、礼拝すれば神様も教えてくれよう。

三島は第一甲種合格でなくても覚悟を決め、遺書まで書いていたとあるが、不合格の通知は複雑な心境であったであろう。武官に成れなかった常朝。皇国軍人として出征できなかった三島。ここら辺りの心境を五木寛之は具体的に代弁しているから、紹介する。しかし、五木寛之が三島から、直接聞き取った証言とは思いにくい箇所もある。

五木は終戦後について引揚者たちは、「自分だけ生き延びたことに罪悪感を抱いている」というが、これは三島の自殺の動機と同じ感情と見ている。だから、三島も、「特攻隊」で死んでいった仲間たちに対して、自分だけ生き延びたこと、否、潔く散り損ねたことに、後ろめたさを感じていたのである。三島の胸中は「米英は鬼畜であり、日本が敗戦すれば、日本の天皇制、文化、伝統が壊されて、アメリカの植民地にされてしまうだろうことを思って、命を賭けて出征の決断した人も多いだろう。」この五木の三島の心底を語るこの文脈には得心し兼ねる。

この時の三島の心境を吐露した作品が「仮面の告白」といわれているが、筆者はそれを理解するほどの三島文学の愛好家ではない。その意味に於いて筆者は適切ではないかもしれないことは認めよう。

著名な芸術家は映画でも、小説でも自分をどこかにそれとなく登場させていたり、公言は憚るが、適度に本音をちらりと流したい欲望にかられるものらしい。その視点からすれば、巷間、三島について語られる徴兵検査逃れとか、男色や肉体美自慢の性格は事実であろう。しかし、それが単なる噂のものであっても、我らの『葉隠』入門にはなんらの影響も与えない。

大体にして、三島がクーデターと自決の前にこんな会話を他言していたとは思えない。作家仲間の五木に流れる話と言うだけでは信じられない。三島が学習院で教育されたとか、家族の愛情から得た、心底からくる思想ならばあり得ようが、あちらこちらで話し、同意を求めるようなら、三島は本来の胆力のない小心者であろう。

もっとも筆者は常朝も小心ものであったろうと見ている。必要以上の言葉を陣基に聞かせ、どうでもよいような話が多い『葉隠』。逆説でも何でもよい。武士は生涯をかけて主君に尽くすもの。それを封建時代の「滅私奉公」というのであって殊更に語気を強めて論じなければ相手に伝わらないという、人斬りの実戦のない文官の気負いと先立つ懸念が常朝にあったのであろう。「つねに死を思い、生をまっとうする」の語りは大道寺友山が兵法家、藩の顧問として幾度(いくたび)も講義していた。常朝は一人寂しく、この世を去りがたく言葉数を増やした。それを陣基は一〇年もかけて、常朝の無念、残念の心底を傷つけることなく尊厳を付けて整理している。

三島も常朝も腹の太い西郷隆盛のような豪傑でなく、大久保利通の様な、頭は切れるが骨太感に欠けたところが似ていたのであろうか。このタイプは失敗した時の自己の正当性、逃げ道を詳細に考え、後日に見ると符合せず、語るに落ちるところあるものである。ここで常朝『葉隠』を復習しよう。

三島は葉隠精神を特攻隊員の精神と関連づけて、その類似性を強調する。

「『葉隠』にしろ、特攻隊にしろ、一方が選んだ死であり、一方が強いられた死だという厳密にいう権利は誰にもない」という。これに対して種村完司は「葉隠武士の死も特攻隊の死も強いられた苛酷な状況下での最小限の選択的意思による自決である」と三島論に同意していない。一見するには三島論でも不都合はないように見えるが、葉隠武士の死も自ら望んで死を選ぶ立場ではない。如何様な理由による死であっても、生身(なまみ)を持つものが進んで、死に行く道理はどこにもない。本人にすれば、直前の出来事が避けがたくやむなく、落命する運命になったということについて、如何なる説明も必要としない。三島論に傾けば、時と場合によって選べば自らの一命が、他方の一命に勝ることもある。つまるところ、三島の特攻隊の死も、割腹自決の死も、三島自身の決意であり、他人の評を待つものでもない。そんな結論もあると言いたのであろう。ここは葉隠武士と特攻隊員のどちらが潔いかの比較ではない。やむなくことに及ぶこともあろうが、それは本人の選択ではあるまい。人間にとって死に勝る覚悟はあり得ない。読者は如何に思われよう。筆者はこんな感想を持つ。

ひとの「命」は運命と寿命によって決まる。それ以外の作用が働くというのは単なる知恵者の言葉の遊びである。三島は解決できる筈のテーマを処理できず、自ら常朝『葉隠』の境遇に合わせて、強い意思のもとに自分から選んだ、唯一の死であったと。とても我らには理解できない、それも遠い天空の彼方から常朝の『葉隠』に呼びかけられて。

今日、本道の解釈とされて語られている『葉隠』の全文とその真意は、全て常朝の語ったものではないと筆者は見ている。陣基により補正・補修され、更に幕末維新を経て、初めて翻刻されているところ、少なしとしない。これが『葉隠』の解釈の基本である。だからと言って、この時代に外様の佐賀鍋島藩において『葉隠』が世に献本した功績は何ら否定されるものではないことは、読者が今後、上級者になられようとも、忘れてはならない「武士道解釈」の基本となろう。

どちらにしても三島は徹底した皇国主義者であるが、学者ではない。常朝の如く表現をすれば「ハンチクリン（中途半端）」な性格ではないか。だから感情豊かな小説が書けるのかもしれない。歴史学は実証主義で証言、解釈に無責任であってはならないが、文学上の小説はフィクションでもノンフィクションであってもよい。

言いようはよくないが、事実無根のでたらめであってもよい。読者が読んで購買に値する本であれば、その表現力にファンは拍手するし、以後の出版を期待する。

三島由紀夫の背負った三つの葛藤、その一は徴兵検査、不合格に失意の境遇とみる。三島は本心に於いて「特攻隊」の一員となり、「天皇陛下万歳」の声を高くして、学徒の友と潔（いさぎよ）く散りたかったのではないかと思う。ここが皇国主義者の真骨頂である。散るならば花、然も桜のように潔く。帰還する燃料を持たない学徒の出陣。そこは筆者も認めたい。

＊三島由紀夫が背負った三つの葛藤　その二

過日、ＮＨＫが「クローズアップ現代・プラス」で三島と川端のノーベル文学賞に関わる事実の談話について特集を組んでいた。筆者はその内容に驚いた。個人的な感情も入る要素があるため、ここはまず客観的な事実だけを見ていきたい。すでにこの番組をみられた方は次に進まれてよい。

番組見出しタイトルは「三島由紀夫×川端康成　ノーベル賞の光と影」とあった。ナビゲーターに宮本亜門を配置した、追いドキュメンタリーの番組。キャスター武田真一。

〔主な登場人物〕　川端康成・三島由紀夫・瀬戸内寂聴・中江有里・村松英子・岸恵子・雑誌編集者、その他三島所縁のひとたち。ここからの文様は既に、筆者と読者は前節で、歴史学的な立場から学習してきたところと重なるが、今はＮＨＫ特番で放映されたことの確認と、文學的な立場の検証過程を学ぶであるために、一歩さがって客観的に捉えていきたい。

「放映内容」

○昭和四十三年（一九六八）、川端康成はノーベル文学賞を受賞した。その年の一月にスウェーデン・アカデミーが当時の選考過程を公開、三島は「今後の成長によって再検討も」とされていたのだ。しかし、その〈二年後〉に、三島は割腹自殺、さらにその〈二年後〉、川端はガス自殺をする。読者は我らの三島年表でそれぞれの案件ごとに、前後を確認されたい。

「二人はなぜ自殺を選んだのか？」これはわかりやすくて、大衆の最も知りたがるスキャンダルな見出しである。

三島は川端の受賞と同じ年に、皇国主義者の三島を隊長とする「楯の会」を結成した。ここは重要なところである。三島がノーベル賞を逃した後に即刻、行動をおこしたことを知っておこう。そして三島はその〈二年後〉に現役自衛隊員の前で「天皇を元首とするべく、決起してクーデターに参加せよ」の論理を舌鋒鋭く説いた。その結果は得られず、背後の室で割腹自決した（前述済）。ここで筆者はおおきな疑問が湧く。僅か〈二年〉で一〇〇名といえども楯の会の隊員の意思統一が出来ていたものか。彼らの行動の履歴史料から見れば、合意なき集団であった様子もある。筆者は当時、現役サラリーマンとして、東北仙台にあったが、事情を知る人も少なくない。警察・公安・自衛隊の一部は三島事件関連の情報は知り得ていたらしい。それを語る公開情報がある。時の内閣総理大臣佐藤栄作が楯の会の活動資金として「一〇〇万円」の資金の申し出をしている。その意向に対して三島隊長は即座に断りを入れたとある。「楯の会」はあくまで三島由紀夫の会であり、経費は男一匹命を賭けて、全て三島の個人による金で運営していた。「皇国日本」は我ひとりで為すと武士道精神は「武士たるもの、全て大高慢であるべし」と教訓している。

また一方で、「事は熟慮に於いて為すべし」との例示も見せている。ここらが逆説の書と評論する学者もいるが、筆者はその説に与(くみ)しない。常朝は意図を充分に説明し、理解させれば、逆説といわれるような付け足し文は必要ない。さらに言うなれば常朝は自説に溺れた言動に対して、後に補填的言説にも似た加筆をしている。それはさておき、往時の社会背景にそのような「激流」があったことは、全く筆者の浅学である。新左翼に対抗させて抑え込むための、右翼の活動に対する、与党の後押し姿勢を示した総理大臣の行動であったかもしれない。これは筆者の推測の域をでないが、大きくは外していないと勝手に自負する。

ノーベル文学賞の受賞の栄光に当時は語られぬ秘話があったという人物がいた、それは瀬戸内寂聴。曰く、そのとき、川端と三島に複雑な感情のもつれがあったと当時の事情を手際よく、明解にして淀むところなく答えた。聞き手、宮本亜門を想像してみよう。

寂聴は三島と川端の双方と親しく、二人は手紙を通じて二十代の頃からお互いを知る間柄であったようである。寂聴の性格からして全く裏面のない口調であった、寂聴と亜門の対談の模様。

・「三島と川端はどちらもノーベル文学賞が欲しかった。しかしそのあからさまな欲望は三島が上回っていた」と笑顔で話をつづけた。川端は作家仲間としても、師弟関係に於いても、三島の実力を認め、仲人もしてそれなりの応援を欲しまなかった。ここまでの寂聴談に亜門は充分説得された様子。筆者も納得した。寂聴は川端との関係も憚ることなく語り、川端が京都に於いて大変人気があり、殊に美人が好きで何人来ても断ることなく、皆連れて京町を練り歩く事が好きであったと話を結んだ。

・十四年間　三島を担当した女性担当者も語る。
「ノーベル賞だけは三島さんの中でも、格別なものとしてあったと思う。そこらじゅうのいろんな賞と違って。」

・三島と親しい男性編集者の感想。ズバリと言った。

「（三島）自分にはその価値があると。その自負だったと思う。」

ここまでは三島応援の意見である。筆者の意見は不要であろう。

次に川端サイドの話を聞こう。

・川端をよく知る人の受賞する〈四年前〉の談話。

「先生（川端）、日本人で最初に貰う人はだれでしょうね。」の会話に答えて即座に「それは三島由紀夫くんです。三島由紀夫くんがきっともらいます。三島由紀夫くん以外には、ノーベル文学賞は日本人では考えられません」。

・三島由紀夫文学館　館長談。

「私（三島）はある作家の作品は決して読まない。彼は円熟した立派な先品を書き続けていることがわかりきっているからである。（川端作品の評価は書く前から高い評価をする固定概念が文壇にあるから読んでも意味がない）。」ということか。

・ここで女優の村松英子を登場させる（放映近時の週刊誌に大きく若き日の三島と村松の関係を公認するようなビーチでの水着の特集写真が掲載されている）。

「三島先生は川端さんのお宅に呼ばれて、『君はまだ若いから、私は年だから、今回は譲ってくれないか』とお頼まれになったと聞きました。ご自分が信じていた川端さんから、そういうことを言われたことがショックだったようです。」そして村松はこうも語る。三島が川端に以前　〝例のノーベル賞の問題、ごく簡単で結構ですから、推薦文をお書きくださいませんか〟という手紙の遣り取りがあったことを明かした。その手紙の往復書簡の実物が放映された。つまるところ、三島が師匠川端に対してノーベル賞が受賞出来るように賛辞の依頼をしたが、川端から返事はなく、「三島君、君はまだ若い、君には将来のチャンスがある。今回は僕に譲ってくれ」と返信したと、実物手紙がTVに流された。

・次に芥川賞作家の平野啓一郎の三島評を見よう。ノーベル文学賞について正論を語る。

「大体、日本国内でどっちがとかいう話をしていること自体がおかしいんですよね。だって、日本人に誰かあげようみたいな話でリサーチに来て、谷崎か川端か三島みたいなことをいろんな人にインタビューしていて、そんな噂から三島も川端も相互に推薦し合っている。（中略）その賞をあげる側と違う人たちが、先輩後輩でどちらが譲るかみたいな話をしているというのは」

・最後に大女優と言われる岸恵子に川端・三島の二人の文豪が自決をしたという事に

ついてどんな見方をしているのか、亜門は聞いている。「川端先生について、小説作品に限界を感じてかけなくなったり、三島の自決に影響されて自決をしたのかといった風評に対して、即座に否定した。「川端先生は美意識の大変、強いひとです。もうここらへんでやめようかときめられたんです、作家活動を」。

女優原節子・村松英子も充分に「彼」のことは私が一番知ってますよ、といった迫力を感じさせる対応であった。下世話、下品な推測であるが、彼女たちの双方とも「お二人の名誉は私たちが守るわ」の雰囲に推される。

ここらへんで、「クローズアップ現代」は終わるが、これほどの舞台裏が公開されようとは思わなかった。ＮＨＫの番組だから信憑性の担保があるというわけではない。この内容には反論、異論もあろうが筆者はそれは避けたい。

何れにしても三島は川端がノーベル文学賞を受賞した年に「楯の会」を結成し、その〈二年〉後に、自決を決行している。如何に周辺が代弁しようと三島は残念至極である。三島の家族は、川端をひどく嫌っているという話もあった。実力は三島の方が勝るという念押しの空気であった。骨肉の空気さえ感じさせる。結果はスキャンダラスな話の流れに全く関係ない、三島ファンも足が遠のくような顛末である。

筆者にとっては三島でも川端でも無縁な話であるが、複雑な気持ちである。知らないほうがよかったとも思う程の顚末である。

作家の命は「創作力」である。歴史学者の命は時代に対する「洞察力」である。どちらを欠いても良いことではない。

それよりも、三島が常朝の『葉隠』入門と題して、実践していると公言したが、必ずしも『葉隠』の教訓に従った行動をとっていないところを、検証しよう。そこでは筆者は三島の「葉隠」が間違っているということを証明したいのではない。『葉隠』の本質である解釈の基本は、三島や先行学者のいう「哲学の書」でも「逆説の書」でもないということを提供しながら、拙い我らの「葉隠論」になりそうだが、管見を承知で前進にする。

○ノーベル文学賞に見る三島の行動には「葉隠」の実践をすると言う、三島の公言した姿に、得心出来ないところがある。

常朝の『葉隠』には心理を語りながら、文中に両面性・逆説性が示されているということは、多数の学者が指摘しているところである。しかし、人間は考えるという「思考能力」を持っている。この能力は人によって様々であり、皆一様ではないことは、長所でもあるが、短所でもある。でもそこを論じて、結論を左右することを批判とか矛盾とか指摘しても、『葉隠』が萬人（ばんにん）の「生きる為（処世術）」の教本にはならない。

常朝『葉隠』の聞書には「遅れをとることなく、遮二無二に死に狂いする」ことが、武士道の基本としている。

その一方で「若いうちから立身して、主君のお役にたっても、長続きはしないものなり、晩熟がよい」とも言っている。これは一見、正反対のことを示す表現である。これは個人に於いては、行動力と実務能力とは必ずしも合致しないことを、認めたことである。萬人の武士が余すところなく、このような行動をとれるとは言っているところではない。ここに文官であるにもかかわらず、武官の生き方と昇進の階段に憧れていた、常朝の怨念にも似た忸怩（じくじ）たる思いの現れであると筆者はみている。ある時は文官の立場で考え、次には武官の心得を察してみたりであろうが、その常朝の行動は何処もおかしくはない。

「武士道と云うは死ぬことと見付けたり」の一文は本書でも度々、登場している。先行学者はすべてというくらい、この一文の解釈は一致し、以下のように説く。

「武士に死の恐怖に背を向けることを許さじと完全に否定し、主君に対して滅私奉公を旨とし、遅れることなく、遮二無二戦うことにある」と言いながら、そのウラの意として、「日常において死の覚悟と鍛錬を怠る事なし。されども、余命を大切にして生きるのことを全うせよというウラの真意を読み取るところに『葉隠』の逆説の骨頂なりと」。

こんな論調で『葉隠』はやれ「生の哲学」・「逆説の本」などという。筆者は素人であるためか、この「武士道と云うは……の」一文は単なる「死」を覚悟しながら生きろ、死に場所を得て有難く思えとしかとれない。言葉の行間、ウラを読めとは、単なる書き手の「願望的抑圧」としか、筆者の思いが至らない。筆者の力不足は認めるが、一般の読者が手にする文脈の案件ではない。常朝『葉隠』は、その記述内容の前後にそれらの関連性は殆どない。従って、全『葉隠』「聞書一一巻」の普遍性・共通性を関連付けて解釈している引用文例も学説によって異なることも珍しくない。まるで常朝の「思い付き回顧禄」に振り回されているようである。

さらに常朝は聞書一（その一六四）において「人を先に立て、争う心なく、礼儀を乱さず、へり下って、自分のためには都合が悪くても、ひとのためになるようにしてやれば、いつも初めて会ったときのような心持で、仲が悪くなるようなことはない。」なんていっている。三島は川端に対して起こした感情と行動は全く『葉隠』の趣意が取れていない。二人の間にはもっと含みのある、人間関係があったかもしれないが、恩師、川端に対するノーベル賞選考を控えたときの「当然に自分が受賞すべき」と周囲に、また家族に対する言動はとても『葉隠』を実践していると、自著に宣言をしている「男一匹」の姿ではない。三島は交際女優を巻き込み、大きく執着心を見せている。先行学者はこころあたりの感覚は充分に理解しているが、それでも三島の生き様を高く評価する理由はどこにあろう。それは文壇の常識的な批判を恐れているとみるのは筆者の管見であろうか。

ならば常朝『葉隠』も、理論と実践、又は日常と非日常では、自ずと合致しないという理念のもとに解釈すべきものということを、見せて読者に提供すれば『葉隠』の解釈も左程に困難なことはではないと思う。言い過ぎであろうか。ある先行学者の著書の中見出しにこんな表現があった。「『葉隠』の中の矛盾―死の肯定と生の肯定」とある。

◉少しまとめてみる

葉隠理論の中にいろんな例示、教訓が列示されているが、「死」も「生」も全て現実であり、改めて常朝が肯定したり、否定したりすることではない。文意の裏面を読むとこんな真意が隠されているといった解釈を誘導している。先行学者の必要以上の深読み姿勢が、ことさらに『葉隠』の解釈を困難にしている。あの天才三島でも『葉隠』の実践が出来なかった醜態を見せている。断りおくが筆者のこの考えが「三島文学」の価値を誹謗するものではない。本来、人間の思考と行動は、必ずしも一律ではない。生身の人間だから心は揺れる。三島自身、ひとの心は多種多様であり、自分でコントロールできないことを「仮面の告白」で感情豊かに表現しているのではないか。

三島に真の自信があれば当然、世界の目線は「川端の次は三島」となると思えなかったのか、残念である。クローズアップ現代の中で、「三島先生は文豪で終わるか、英雄として名を残すか悩まれていた。だから英雄を選ばれたのではないですか」とあった。「文豪」としての評価は三島の実力に関わる。しかし「英雄」としての評価は後世の歴史の評価が決めること。自分で「俺は今日から英雄になって名を残すことに決めた」は笑止な話、未熟な姿であろう。三島流の「葉隠」はともかく常朝の『葉隠』の実践はどこにも出来ていない。

「割腹自決」の三島先生を英雄として評価するファンもいるかもしれないが、筆者は英雄でも「ハンチクリンな政治家・皇国主義者」とも評価しない。才能豊かな文豪であったことは正面から評価をしたい。ドナルド・キーンでなくとも、世界を三島文学に陶酔させることは出来よう。次のステージに登り損ねた残念と、やりどころのない失望が全身を襲った。三島由紀夫の背負った三つ葛藤、その二はノーベル文学賞を取れなかった自分に対する憤りと文学との決別ではないかとみる。筆者の説明も、簡潔にしたつもりであるが、既にややこしいから、読者とここらでひと休みしよう。

☆ここで豆知識をひとつ。初耳の案件に疑う話である。流し読みでよいが、真面目な学術の内容である。

　古典文学の世界では「『源氏物語』の作者は紫式部である」という学説は揺らいでいる。「『土佐日記』は紀貫之の作品かどうか分からない」。このふたつの学説は少数説ではあるが、古典文学上に見ると怪しいところはある。しかしこの場合、文学上から見ればそれほど「古典籍」としての評価を落とすことではないらしい。

　詳細を言えば『源氏物語』の作者は紫式部の単独本ではない。合作本の可能性が否定できない。順を追ってみよう。

・平安中期。紫式部は下級貴族の生まれ。寛弘五年（一〇〇八年）に夫と死別。その後藤原道長の娘、中宮彰子の家庭教師として参内する。
・五四帖からなる『源氏物語』は大変に好評で後を待たずに高位から催促された。その時代の背景を歴史学的に覗いてみる。宮中でも紙がない、貴重品であった。やたらに書けない。他方で常に催促をされる立場で拒否はされない。この状況下を想像しよう。
・書の内容はご存じのように貴族間の男女模様である。従って想像、創作であっても愛読者は「光源氏は一体、誰なの？」の一点に集まり、そして入れ替わり立ち代わり登場する女御（にょうご）は誰のことか判明させる展開に期待し続編を催促する。これが全くの創作であっても、周辺にそれらしい〝やんごとなき該当者〟は沢山いた。身に覚えのある高位の貴族もいたであろう。
・紫式部の筆は踊るが、五四帖の長編であり先が長い。高貴の催促に合わせては書き上げられない。一冊書いても高位貴族の数は多い。上位から順番にお待ちくださいということはあり得ない。あちらこちらで読まれていたような話もある。従って、同時に何冊も必要であったこともあろう。式部の周辺に筆に心得のある女官たちの代筆者もいよう。
・物語の展開は紫式部によるが、それを聞いて女官が代筆したことも予想できる。

つまり、口述者は紫式部であることには間違いはないが、当時の紙事情と高位の要請に答える為には、全て自筆では対応できなかったのではという真面目な議論がある。

・写本かもしれないが、全ての『源氏物語』の筆先が合致していないという鑑定も聞く。比較対称の書は式部の自筆とされている、『紫式部日記』との筆跡につく考証である。

この『源氏物語』の考証にはふた通りの過程が考えられている。『源氏物語』の五四帖を紫式部が書き上げ、それを女官が写本したかもしれないという見方であるが、これも全てが、紫式部の手による本とは言い難いが、往時の写本による古典の工程は珍しくない。従って現存する『源氏物語』が紫式部の自筆であるかどうか分からない。この写本という事実があっても、文学的な価値観は全く変わらない、当然のことである。ここが歴史学と文学の大きく違う視線である。むしろ一〇〇〇年以上の年月を経て、自筆の書が存在すること自体が大変なことであろう。ここで紫式部のゴーストライターの存在に触れることは、格調を欠くことになるから議論の対象とはしない。

・「土佐日記」はその筆先が男の書態としてはあまりにもきれいすぎる。往時は、平仮名は「おんなもんじ」とされて、紀貫之の筆先には嫌疑をかけられている。それに紀貫之は土佐の四国に足を運んだようにはないという疑いもある。筆者の知識とはほど遠いが、話のネタには出来よう。

＊三島由紀夫が背負った三つの葛藤　その三

いつから、三島にとって戦後、平和憲法の象徴として、世界に誇るべき専守防衛の自衛隊を皇軍化し、昭和天皇を再び神格化させ、大元帥に迎えようという考えに感染したのか。筆者には管見にして、知らないし想像もつかない。その究極に常朝の『葉隠』があったという決めつけは、筆者は積極的ではない。確かに三島が自著「「葉隠」入門」のプロローグに、その遭遇ともいうべき感激的・運命的な出会いについて、その感想を「「葉隠」が私の中ではっきり固まり、以後は「葉隠」を生き、「葉隠」を実践することに、情熱を注ぎだした、といえるであろう。つまり、ますます深く「葉隠」にとりつかれることになったのである。」（中略）「わたしが「文武両道」という考えを強く必要としはじめたのも、もともといえば「葉隠」のおかげである。文武両道ほど、言いやすくおこないがたい道はないことは、百も承知でながら、そこしか、自分の芸術家としての生きるエクスキューズはない、と思い定めるようになったのも、「葉隠」のおかげである。」

とのめり込みようを、赤裸々に語っている。この文武両道の自らに対する叱咤をエネルギーにして「楯の会」を開設して、同志を集め熱く語り自衛隊市ヶ谷駐屯地で「覚悟」を決め、その思いを実現した。

筆者は、三島自身が「専守防衛の自衛隊の目的を逸説して日本国天皇制と自衛隊の国軍化というクーデターもどきの実現はない」ということを充分承知していたと見る。三島の目的は文豪としての名前よりも、英雄としての姿を残したかったのではないか。三島の背負った三つの葛藤、その三は文豪として名を残すか、英雄として名を残すかの葛藤であったと見たい。

三島は多分、彼の胸中を的確に理解できる人物の存在が、全くなかったことが悲劇であったと思う。筆者はこの行動についての是非を語るほどの見識を持たない。三島の自決という行動については、「妄想・短慮の蛮行」と見ているがそれは、個人的な所見である。文学的な意義に対して多くの自論を持ち併せない。才人であったことは認めるが読者はどうであろう。率直な感想を伺いたい。

三島は自衛隊員たちを前にしてその反応次第で「自刃」の覚悟もあったのではないかとみる。もっと言えば、自衛隊員たちを説得できるほどの確信はなかった。クーデター演説がＮＨＫクローズアップ現代に残されていた。三島の覚悟を紹介する。三島はクーデター決行の前日、十一月二十四日の夜、行きつけの料亭に四人の幹部と最後の会食をした。その時、料亭の女将は、普段の御礼を申すべく、部屋の入口まで歩をいれた。その時、部屋の様子が何処かピンッとして、皆、正座していた。怖いと思ったと証言している。そして女将の話は続いた。

会食は終わり、座敷の出口で靴紐を締める三島に「有り難うございました。又おいで下さい。」pと言ったら三島は女将に「またこいといわれてもなァ、きれいな女将に……あの世からでもくるか。」と返事があったと当時を偲んだ。この料亭は今でも存在している。三島の「武士の覚悟」は出来ていた。その心境はわからないが、三島自身は確信のある割腹であったと見てやりたい、日本人として。然しそれは蛮勇であろう。常朝『葉隠』の実践はここであったのか。ひとの命は運命と寿命できまる。それ以外の死は大抵の場合、悲劇となる。

ここで常朝『葉隠』の一文を用意して三島に届けたい。

聞書第一（その一四二）……例示③

一、武士は当座之一言か大事也。只一言ニて武勇顕ハるゝ也。治世ニ勇を顕すハ詞也。乱世ニも一言ニて剛臆見ゆると見へたり。此一言か心之花也。口ニてハいわれぬ物也。

（現代語訳）

武士は当座の一言が大事である。ただ一言で武勇が顕れるのだ。治世において武勇を顕すのは詞である。乱世においても一言で剛胆か臆病か見えると思われる。この一言が花となって咲いた心である。口先の技巧では言えないものだ。

第四章『葉隠』は「令和」の時代に受容されていくか

第一節　働き方改革・女性総活躍時代に、おんなの受容があろうか

筆者はこの節に対しては結論から入る。高齢者を除けば、『葉隠』などの学術関係者か、政治家以外には中々関心を持たれることはないとみる。

感性に生きる若者たちにはとても新しい時代の道徳として『葉隠』はあり得ない。意味も解らず、マウンド上で抜刀の姿勢が何を意味しているかなど、正しく説明できるスタッフが用意されたとも思えない。熟慮のあとに繋がるインスピレイションを欠くと若い感性に届かない。筆者も良く分からないが、ＳＮＳの時代である。文字は少なく、それでいて要点はしっかりと伝える。絵図多くして、吹く風さわやか。筆者には初耳なものが多い。トランプ米国大統領はツイッターを駆使して、世界に君臨している。当初は

この人に大統領は務まらないという感触が世界に明確にあった。今は、シンゾウ・アベも熟練ツイッターらしい。

文化の隆盛にはその時代にマッチしたツールがある。版本と文字は意思表示の全能ではなくなったのかもしれない。筆者も困惑である。それはさておき、令和の時代にふさわしい「葉隠」の理解のひとつを話したい。軽率の誹り、批判は充分承知である。逃げないで受け止めよう。

「葉隠」は（『葉隠』ではない）その姿を変えてアニメの世界に登場させ、そこから日本人という民族意識と交流する子供たち。その場合はとにかく爽やかな空気の中と音楽の中で微笑む、少年少女を想定したもの。スマホからの感性による訴求のタッチになろう。筆者は映画「君の名は」を見た。この映画がアメリカでも、中国でも世界的な評判を得たニュースに高齢の筆者が直接、どんな感性の作品か確かめなくてはいけないという衝動に駆られ劇場に行った。正直な感想といえば、高齢者に遠い作品であるが、とにかく、キレイでサワヤカな描写に魅入った。この感性で葉隠の極意を描くべきものかと、かすかな感触を得た。どちらにしても孔孟の思想も、儒学も「日本昔ばなし」まで目線をさげ、しかる後に、常朝の『葉隠』に誘導すべきである。『葉隠』は初心者には中々難解だが、そこが威厳・格調の保たれているという先人たちの恍惚観念があるのではないかと筆者はいらざる思いを巡らす。

やたら難しい『葉隠』なんかでなくてよい。「葉隠」が老若男女すべてに語れる普遍的な精神であると思うなら、やたらこね回さず、やれ哲学や逆説だとか云わずに、正面から普通に語れる「日本昔ばなし」の模様であっても良いのではないかと思う。これは決して茶化した話ではない。先行学者の評論を借りてわかりやすくまとめてみた。

現代日本では、この表舞台から退場したはずの、武士や武士道にたいする憧憬や敬意が、一般の人々のうちになお広範に存在している。国際的な野球やサッカーの大会で、他国とあい対する日本代表チームは、そのつど「侍」を冠した愛称（野球であれば「サムライ・ジャパン」、サッカーであれば「サムライ・ブルー」）でよばれ、その奮闘ぶりが報道され称えられてきた。人々は、彼らの姿やプレーから、潔くかつ果敢に戦いに挑みつづける勇士の集団、あるいは自己利益を超えてチームの勝利に貢献する男性軍団、という存在意味を受け取っている。

現代の「侍たち」に関するこうしたマスコミ報道と庶民の熱狂をめぐって、社会的な批判や違和感が公にされることはない。メディア側の人為的な操作がないともいえないが、断定をする程のことでもない。それ以上に、武士に対する肯定的イメージが人々の深層意識の中に根付いているからであろう。それは来日する一部の訪日観光客にもあり、刀と鎧に感動する。それは訪日外国人にとってどのような武士道に見えるだろうか面白い。日本の忍者と武士を併せたら、スーパーマンのようではないか。

常朝『葉隠』は「武士道と云うは死ぬことと見付けたり」と世界に日本の武士道精神を示し、声高らかに誇った。その新渡戸稲造は自身で、一〇〇年後の存在を危うんだ。にも拘らず、それでも日本武士道を自慢に語る者は少なくない。本の中身に誤訳なり、解釈に齟齬ありと思うならば、率直に改訂版を出す責任があろう。明治以降、『葉隠』は権力者にとって、全く都合よく利用されてきた。ここは先行学者も大方、認めるところであるが、今でも常朝『葉隠』を信念を持って語る学者も少なくない。その余波が正しい波長を刻んでいない。次に紹介する『葉隠』の一文がどれ程の意味を持って、後世に紹介されていくか知らないが、とても「令和」にふさわしい一文ではない。

聞書第八（その四三）・・例示④

（略）死ほど軽キものハなし、恥しりたる児女などは、屁一ツニて命を捨申也、然ハ屁よりも軽キ物也、又（以下略）

〈現代語訳〉

（略）恥を知った女子供などは、放屁一つで命を捨てるものである。ならば屁よりも軽いものなのだ。（以下略）

揚げ足をとるような紹介の仕方に、不愉快な先行学者もいよう。その場合は再びお詫びすることになろうが、この一文を知らずに、『葉隠』評をするひとも沢山いるらしい。これほど、女性を侮辱した一文はない。これは「おんなは生まれても捨てるべし」と紹介した「愚見集」の一文と双璧なものである。これらの解釈をするにあたって、『葉隠』の得意とする「逆説」で解釈すれば「屁より軽いおんな子供の命」は如何様にその解釈すれば良いのか、正面から反論を伺いたい。そんな軽い命のおんなでも少子化で悩んで、子供は三人ほど生んでほしいなどといい、翌日全国放送で謝罪している政治家もいる。いまだに男の不遜は病的で治らない。「少子高齢化」などという言葉はもう既に二〇年以上も前から、問題になっている。その軽い命と言われたおんなから、おとこも生まれていることを知らねばいけない。もっとも、女性を大切にすれば少子化が直ちに防げることにはならないことも同じく知りおかねばならない。

◉まとめよう

「俯瞰」するという言葉がある。「鳥瞰」と同意とある。どの辞書をみても大差はない。「高いところから広い範囲をみおろしながめること」。

江戸時代の中期。天保、享保の元号をおく天下泰平と言われた時代。『葉隠』の常朝も佐賀藩と鍋島一族を俯瞰していた。そして、これでは「堕落した佐賀藩の将来に不安を感じた。のんびりとはしておられない。その思いの丈を、陣基と庵の中で七年間かけて書き残した。それは徳川幕府の為にではなく、佐賀藩の為に。天下泰平は武士を堕落させるのみという危機感が常朝をしてそうさせた。

第二次世界大戦の余波も消え、日本の経済も戦後を終えて、世界も驚く奇跡の復活をみた。天下泰平、「巨人・大鵬・卵焼き」に加えて、「植木等とクレージーキャッツのお笑い」、世にいう、「昭和元禄（昭和三九年頃）」、「奢侈安逸（何もせずぶらぶらと遊び暮らすこと）」の時代。その時、三島は世界と日本の将来を俯瞰した。

「このままでは、日本はアメリカの言いなりで、日本の社会は堕落する一方である。こんなことでどうする、俺には日本の前途は真っ暗に見える。諸君には見えないが、天才三島をもってすれば、全てが俯瞰、お見通しだ。先ず、自衛隊の諸君、立ち上がれ。

騒ぐな、諸君。静聴せよ。」

〔結論〕

常朝も三島も俯瞰はしたが、俯瞰の中に、自分だけがわかると「見下げていたところの見通す力」を過信したところに自らに溺れた「失敗と行き詰まり」があったとみる。これが筆者の所感である。

第二節 「自決と自殺のあいだ」、三島はどちら

どちらも自ら命を絶つということに相違はない。しかし受ける我らの印象は微妙に違って聞こえる。

明治天皇の崩御に自らの心、全身全霊を添えて奉じ、密かに殉死した乃木希典は自らの行為を自殺として捉え、美談とされている。乃木夫人は英傑の後ろ姿を予測していたという。この乃木の気持は天国の明治天皇に届いていよう。

一方、自決と言われている三島の死はどうであろう。死をもって訴える一面を残し、理解と共感を示してほしい気持ちの余韻が残る。三島の死は何処か叶えられなかった「残

念」が、優先して感じられる。
＊ここに、その自著「「葉隠入門」三島由紀夫（新潮文庫）」に割腹自決し、「葉隠」を実践という三島が解説した「葉隠」の読み方として、死に対する見識を明確に語る一文がある。それを紹介するがこれがすべてであろう。
「われわれは、一つの思想や理念のために死ねるという錯覚に、いつも陥りたがる。しかし「葉隠」が示しているのは、もっと容赦ない死であり、花も実のないむだな犬死さえも、人間の死としての尊厳を持っているということを主張しているのである。もし、われわれが生の尊厳をそれほど重んじるならば、どうして死の尊厳を重んじないわけにいくであろうか。いかなる死も、それを犬死と呼ぶことはできないのである。」

これが三島の生き様であろう。他人の死に無礼なことばであろうが、筆者は「三島の死」はやはり犬死であろう。生きてその才能を後世のために、日本の若人のために活かすという選択はなかったのか。

『葉隠』聞書一（その二）に「一方、狙いを外して死ぬならば、犬死であり無分別者である（本書一八頁に記載済）」とある。やはり筆者は三島に対して犬死という言葉しか用意できない。

筆者は思う。大衆は時として烏合（うごう）の衆となる。担ぎ上げる神輿が欲しい。三島は『葉隠』を身に纏ったが神輿になれなかった。『葉隠』には「逆説」で生きることの尊さと「生」の尊厳を語っているというのが通説であるが、天才三島は『葉隠』の何処に惹かれたのか凡人にはわからない。乃木希典の自殺は気高い尊念と潔さを感じ、近寄りがたいものを感じる。三島の演説は、言葉は躍っているが説得力がない。いずれにしても筆者は乃木も三島も遠い存在になっている。本人は英雄のつもりであろうが、残された遺族は何としたらよいのか。遺書の最後のひとことが昭和の時代に「天皇陛下万歳」では遺族が哀れではないか。これは「楯の会」隊員宛ての遺書である。家族に宛てた遺書があってほしい、夫として、父親として。

第三節　消えそうで消えない日本の武士道精神とサムライジャパン

大隈重信は明治時代の憲政党初代内閣総理大臣、早稲田大学創立者であることは余りにも有名。日記として大隈伯昔日譚を後世に残す。

佐賀藩校の弘道館の教育を七歳で受講。儒学・朱子学を基本として学ぶ。常朝の『葉隠』を教材としては、奇異な書なりとして、教授の古賀穀堂あたりは藩校での使用を禁じていた。その理由の概要の一部は既に紹介した。そして新渡戸稲造が世界に紹介した日本武士道は今なお一部に於いて、しっかりと語り継がれている。『葉隠』の消えない魅力は近代「令和」の時代に生きられようか。

・専門外ではあるが読者には、日本の歴史を遡り、飛鳥時代の聖徳太子のところを覗いて頂きたい。

「日出る処の天子（日本の推古天皇）、書を、日没する処の天子（中国隋の煬帝）に致す。恙なきや」これは日本の摂政であった聖徳太子が当時の遣隋使であった小野妹子に持たせた、中國の皇帝にあてた手紙である。この一紙に中国皇帝は激怒した。文意だけ解説しよう。世界で一番早く太陽が昇る国と、世界で一番遅く陽が沈む国とは、全く対等な関係で、どちらが上か下かの立場ではないからこれからもよろしくお付き合い下さいという推古天皇（女帝）からの挨拶ともいうべき書簡であるが、取りようによっては、日本国の「宣誓」のようにも聞こえる。その時代の中国の世界感は中華思想で、世界の中心は此処なり（場所をいう、ここでは中国のこと。中華思想は信長、秀吉の時代に日本の地を中華の地として隣国に対して敬意を求めた）として紛々。日本も中国も対等な天子をおく国とはとんでもないと激怒した。これを冊封体制と言い、中国皇帝を中心にして、周辺諸国はその上下関係にあることを互いに認めた。敬意を払い貢ぎ物を揃え、一歩間を置いた外交をしていれば、他の部族からの侵略を防ぐという信頼関係である。その関係を無視した文面に激怒したということである。これが一般的な解釈であるが、異論も多かろう。筆者は反論できるほどの知識はない。

話を戻そう。現在「日本」という国は世界が認める先進国である。そこの民族精神に「葉隠」が存在するという国民的な合意が認められれば、「令和」の時代に多少、姿の変わった「葉隠」が活かされるような文化が期待できるかもしれない。

三島、市ヶ谷駐屯地にて、割腹自決の〈二年〉後の昭和四七年、日本最後の陸軍軍人、横井庄一伍長は終戦を超えて、日本に帰還した。そして日本国民のすべてに対し、テレビに向かって敬礼し、「横井庄一、恥ずかしながら帰って参りました」と言った。『葉隠』日本武士道をどう捉えて、グアム島のジャングルに潜伏しつづけ、苛酷な生活状況に耐えられたのか。筆者にはここで安っぽくわかったような「死」とか「覚悟」の言葉で語ることは出来ない。三島の決意も、横井の決意も「死」をかけた日本人の生き様である。余談ではあるが、横井氏が潜伏していたグァム島のそこにほぼ同時期に、偶然ではあるが、筆者は数日間、宿泊していた。

・第二次世界大戦（大東亜戦争）敗戦時、昭和天皇のポツダム宣言の受諾、なかりせば現在の日本国の姿も武士道の欠片（かけら）もない。箱根から沖縄まで星条旗の旗、東京以北はロシア国旗が翩翻（へんぽん）としているかもしれない。「平成」であろうと「令和」であろうと戦争は何でもありで容赦はない。残るのは死人の山と銃声の音だけ。そこには常朝もいないし『葉隠』もない。今、我々は先人の残した歴史と平和を大切にして、生きるべきときである。専守防衛の自衛隊の皆さんに感謝し声援を送る「サムライニッポン」もありである。それもまた、日本人の生きる道ではないか。

＊最後にひとことしよう。日本史の常識的な手法から見れば、無謀とも思えるような今回の筆者の挑戦。「俯瞰」したつもりであるが、読者の共に学んだ「江戸」・「明治」・「大正」・「昭和」・「平成」の連続する永い歴史の展望の理解に少しでも、役立ち、前進して頂けたならばそれで充分であり、巻末まで長い道中に相伴を頂き御礼を申しあげたい。

先行学者には『葉隠』を軽率に扱い過ぎとの叱責は予想するが初学者研究の不足と思って強いご批判を期待しよう。

あとがき

三島由紀夫には家族もいた。彼ほど才能を持ち合わせた人物が家族とどんな会話をして、心のうちを吐露し語り合ってきたか、凡人の筆者には全く想像がつかない。ここでわかったような言い回しをするのは不遜であろうし、彼の作品の愛読者、とりわけドナルド・キーンなどにかかれば筆者は侮辱罪にでも問われてしまうだろう。しかし、世間の批判を恐れずにいうなら三島由紀夫には「焦り」があったのではないか。何に対する焦りかは当然、憶測の範囲であるが、家族にも仲間にも言えない焦燥感（三島哲学）に自身がさいなまれていたのではないか。敢えていうならば『葉隠』、山本常朝の領域に挑戦し極限を語る言葉に陶酔してしまった。そこに多くの人道と哲学があるから誰もが迷う。常朝の哲学は言葉の遊び。表意文字の文化は奥が深い。表音文字の文化は幅が広い。何れにしても自衛隊が皇軍となれば『葉隠』武士道は再び力強く羽搏いたであろう。今後の日本社会に浅学の筆者の信念ではとても語れない時代が来るやも知れない。

昭和四五年（三島自決の年度）の日本国憲法は第十九条で思想、信条の自由を保障している。その時代に於いて三島由紀夫は自衛隊員に向かって、「憲法改正をして、自衛隊員である諸君を天皇陛下の直轄国軍としての身分を保証するべきだ。さあ諸君、立ち上がれ。楯の会と共にあれ」と激を飛ばしたが、それは隊員の思想を三島哲学（葉隠）に染め、信条を天皇と共にある国軍の兵士として生きるべきと強要した。

その時代には日本国民は世界の平和に貢献する国家として、各人が誇りに生きていたという背景である。筆者はその時二四歳であり、二度と戦争をする国にはならないという信条を共有して、未来に期待し、発展を夢みた世代であった。「武士道と云うは死ぬことと見付けたり」。山本常朝は武士のあるべき死に方について、これでもかこれでもかと、語気を強めて後世の鍋島藩士に語り継いだ。『葉隠』を知り再びの戦争は昭和の時代の日本にはとても受け入れられない国民感情であったことは歴然としていた。

山本常朝の『葉隠』本を読めば読むほど死に対する恐怖感が薄れてくる。死に対する覚悟が出来てくる。全く不思議な心地である。自らを賢者であると思い込む人ほど、常朝『葉隠』の真意を読み取ろうとして自己陶酔の砂地獄に迷い込む。『葉隠』は文中に於いて、あるときは極右に語り、次には全く反対の人生訓を囁く。その振り幅に読者は翻弄されて惑う。左右に極論が並べられてみても「生・死」を掛ける課題はたいていがひとつ。自らの判断で答えを得心のうちに選べばよい。それがベストアンサーであり自身の生涯の中庸たる解答であろう。『葉隠』はひとそれぞれの「生き方」のヒントでしかない。「死ぬ」と「生きる」のふたつを例えてみても、誰もが必ず「死」にいつか直面する。作家三島由紀夫は時代の空気を読み損ねたように思う。山本常朝はハラキリもしていないが、三島由紀夫はその時、自ら割腹自決を選んだ。ただそれだけである。そこに「哲学」の姿はない。「哲学」など見えなくてもひとは死ねる。『葉隠』が三島由紀夫の一命を掛ける程の逸作ならば、側用人である山本常朝の出家人の残念節でなく、佐賀藩鍋島一族の家系訓として賢人閑叟（第十代藩主）が御先祖に奉じるために自ら書き残すべきものであろう。

山本常朝の『葉隠』三島由紀夫「葉隠」を哲学と言いたい人は、そこから見ればやはり哲学なのであろう。

禅問答に両手でポンと鳴らして、今右手が鳴ったのか左手が鳴ったのかと問われて返答に窮する修行僧。両手が鳴ったというのは答えにならない。左右のどちらが鳴ったのかと問われているからである。右と思えば右。左と思えば左。好きに悩めばよい。それが哲学と思いたいひとはそれでよい。それと命を絶つこととは何の関係もない。胆力の問題であろう。三島由紀夫、あなたが「哲学」を口にするのは早すぎた。天寿を全うせずして何がわかろう。

三島の求めたものは究極の「男の美学・肉体美」、「耽美な世界に浸る自己陶酔」、「自己顕示欲」。どれも才人として、ひと息、周囲を圧倒したものであったろうことは何となく理解出来ている。常朝の『葉隠』は葉隠の理想的戦国硬派武士道と泰平軟派武士道に対する危機感。然し、常朝も三島も硬派より軟派の時代を、それなりに有難く味わっていたのではないか。そのエネルギーの根源は才があるが故の全身にまとわりついた他言にできないコンプレックス。

そのコンプレックスの残念感を反動的情熱でもって文字にぶつけた怨念ともいえる表現。常朝は『葉隠』に、三島は皇国日本男子『楯の会』に究極の生き様をみせた。三島は小説家の道よりも英雄としての男のダンディズムを選んだのであろう。『葉隠』に男一匹の命を賭ければ無駄死にはないと言うが、三島の「ハラキリ自決は無駄死に」である。

三島にとって英雄の道は得られたからその勇気と男気は称賛したい。その道は誰もが選べる道ではない。しかし、筆者は敢えて再び三島の確信に触れる。

英雄の姿を評価するのは自分ではない。後世の衆目が評価するものではないかと筆者は結論する。読者の皆さんはどのように思われよう。

末文になってしまったが、本書の作成にあたり各方面の皆さんにご援助を戴きました。幻冬舎ルネッサンス新社の矢口仁編集長をはじめとして、拙著編集担当の下平駿也委員ほかグループの皆さん、佐賀県立図書館のサービス課レファレンス担当の中島崇子氏、九州大学図書館、国立国会図書館、国立国語研究所そのほか多数のご支援を頂き、有難く御礼申し上げます。

そして拙著の前作　第一巻『彷徨える日本史　翻弄される赤穂の浪士たち』、第二巻『彷徨える日本史　誣説が先行する南海の美少年　天草四郎時貞の実像』をご愛読いただきました読者の皆さんに、度々の御礼を申し上げます。

葉隠文献リスト

書名　文献名（あいおうお）順	著者	出版社	発行年月日
あ〜お行			
井原西鶴集④　武家義理物語	富士昭雄・広島進	小学館	2009年7月28日
大隈伯昔日譚	木村毅　監修	早稲田大学出版部	1969年10月31日
大隈伯昔日譚	続日本史籍教会編	東京大学出版会	1980年9月30日
男の嫉妬	山本博文	ちくま新書	2005年10月4日
か〜こ行			
現代語訳　武士道	新渡戸稲造　山本博文訳	ちくま新書	2010年8月6日
甲陽軍鑑	佐藤正英	筑摩学芸文庫	2006年12月1日
国史大辞典		吉川弘文館	1999年1月20日
さ〜そ行			
最新ことわざ・明言名言名句辞典	創元社　編集部	創元社	2016年11月22日
佐賀県史料　第八編一巻　葉隠聞書校補		佐賀県図書館蔵	2005年3月20日
佐賀藩　研究　論攻	池田史郎	出文堂	2008年11月10日
池田史郎著作集抄　葉隠の成立と基調			
サムライとヤクザ「男の来た道」	氏家幹人	筑摩書房	2007年9月10日
新校訂　全訳注　葉隠（上）（中）（下）	菅野覚明・栗原剛・木澤景・菅野令子	講談社学術文庫	2017年9月12日
紳士道と武士道	トレバー・レゲット　大蔵雄之助	麗澤大学出版部	2003年7月11日

書名	著者	出版社等	発行日
な～の行			
なぜ「征朝論」でなくて「征韓論」なのか682号	矢崎勉	学修の友	2010年6月
鍋島藩　読み替えられた「葉隠」	谷口眞子	早稲田大学　論文	
日本思想史	石田一良・石毛忠	東京堂出版	2013年10月2日
は～ほ行			
葉隠　研究　24号	栗原耕吾	研究誌	不記
葉隠　研究　34号	稲田輝明	研究誌	不記
葉隠入門　三島由紀夫	三島由紀夫	新潮社	1983年4月27日
『葉隠』の研究　思想の分析、評価と批判	種村完司	九州大学出版会	2018年5月31日
葉隠の志　奉公人　山本常朝	小池吉明	武蔵書院	1993年6月7日
「葉隠」の説く武士道を考える	五十嵐敬喜　他	論文	不記
『葉隠』の武士道　誤解された「死に狂い」の思想	山本博文	PHP出版	2001年12月28日
幕末維新と佐賀藩	毛利敏彦	中公新書	2008年7月1日
武士道の逆襲	菅野覚明	講談社学術文庫	2004年10月19日
武士道とエロス	氏家公人	講談社現代新書	1995年2月16日
武士道と士道　―山鹿素行の武士道論を巡って―	谷口眞子	早稲田大学　論文	
武道初心集	大道寺友山・吉田豊　訳	徳間書店	1971年4月20日
仏教抹殺	鵜飼秀徳	文芸春秋	2018年12月20日
ま～も行			
明治期日本に於ける武士道の創出	鈴木康史	筑波大学　論文	不記

明治期の武士道についての一考察	船津明生	論文	不記
名誉と順応―サムライ精神のレ歴史社会学	池上英子	NTT 出版	2000年3月24日
ら〜ん行			
倫理思想としての武士道	吉原祐一	論文	不記

〈著者紹介〉
源田京一（げんだ きょういち）
1946年生まれ。名城大学法学部卒業。1968 ～ 2006年
大塚ホールディングスに在職。
退職後、農業の傍ら近世江戸学の研究を行う。
前著
『彷徨える日本史　翻弄される赤穂の浪士たち』
『彷徨える日本史　誣説が先行する南海の美少年 天草
四郎時貞の実像』（ともに幻冬舎）

編集協力　インパクト

皇国主義者、スプリンター作家三島由紀夫が
『葉隠』で見た武士道の世界と陥穽
彷徨える日本史

2020年5月12日　第1刷発行

著　者　源田京一
発行人　久保田貴幸

発行元　株式会社 幻冬舎メディアコンサルティング
〒151-0051　東京都渋谷区千駄ヶ谷4-9-7
電話　03-5411-6440（編集）

発売元　株式会社 幻冬舎
〒151-0051　東京都渋谷区千駄ヶ谷4-9-7
電話　03-5411-6222（営業）

印刷・製本　シナジーコミュニケーションズ株式会社
装　丁　有限会社プッシュ

検印廃止

Printed in Japan
ISBN 978-4-344-92844-2　C0021
幻冬舎メディアコンサルティングHP
http://www.gentosha-mc.com/